CUENTOS DRAMÁTICOS

EMILIA PARDO BAZÁN

Los últimos fríos del invierno ceden el paso a la estación primaveral, y algo de fluido germinador flota en la atmósfera y sube al purísimo azul del firmamento. La gente, volviendo de misa o del matinal correteo por las calles, asalta en la Puerta del Sol el tranvía del barrio de Salamanca. Llevan las señoras sencillos trajes de mañana; la blonda de la mantilla envuelve en su penumbra el brillo de las pupilas negras; arrollado a la muñeca, el rosario; en la mano enguantada, ocultando el puño del encas, un haz de lilas o un cucurucho de dulces, pendiente por una cintita del dedo meñique. Algunas van acompañadas de sus niños: ¡y qué niños tan elegantes, tan bonitos, tan bien tratados! Dan ganas de comérselos a besos; entran impulsos invencibles de juguetear, enredando los dedos en la ondeante y pesada guedeja rubia que les cuelga por las espaldas.

En primer término, casi frente a mí, descuella un "bebé" de pocos meses. No se ve en él, aparte de la carita regordeta y las rosadas manos, sino encajes, tiras bordadas de ojetes, lazos de cinta, blanco todo, y dos bolas envueltas en lana blanca también, bolas impacientes y danzarinas que son los piececillos. Se empina sobre ellos, pega brincos de gozo, y cuando un caballero cuarentón que va a su lado -probablemente el papá- le hace una carantoña o le enciende un fósforo, el mamón se ríe con toda su boca de viejo, babosa y desdentada, irradiando luz del cielo en sus ojos puros. Más allá, una niña como de nueve años se arrellana en postura desdeñosa e indolente, cruzando las piernas, luciendo la fina canilla cubierta con la estirada media de seda negra y columpiando el pie calzado con zapato inglés de charol. La futura mujer hermosa tiene ya su dosis de coquetería; sabe que la miran y la admiran, y se deja mirar y admirar con oculta e íntima complacencia, haciendo un mohín equivalente a "Ya sé que os gusto; ya sé que me contempláis". Su cabellera, apenas ondeada, limpia, igual, frondosa, magnífica, la envuelve y la rodea de un halo de oro, flotando bajo el sombrero ancho de fieltro, nubado por la gran pluma gris. Apretado contra el pecho lleva envoltorio de papel de seda, probablemente algún juguete fino para el hermano menor, alguna sorpresa para la mamá, algún lazo o moño que la impulsó a adquirir su tempranera presunción. Más allá de este capullo cerrado va otro que se entreabre ya, la hermana tal vez, linda criatura como de veinte años, tipo afinado de morena madrileña, sencillamente vestida, tocada con una capotita casi invisible, que realza su perfil delicado y serio. No lejos de ella, una matrona arrogante, recién empolvada de arroz, baja los ojos y se reconcentra como para soñar o recordar.

Con semejante tripulación, el plebeyo tranvía reluce orgullosamente al sol, ni más ni menos que si fuese landó forrado de rasolís, arrastrado por un tronco inglés legítimo. Sus vidrios parecen diáfanos; sus botones de metal deslumbran; sus mulas trotan briosas y gallardas; el conductor arrea con voz animosa, y el cobrador pide los billetes atento y solícito, ofreciendo en ademán cortés el pedacillo de papel blanco o rosa. En vez del olor chotuno que suelen exhalar los cargamentos de obreros allá en las líneas del Pacífico y del Hipódromo, vagan por la atmósfera del tranvía emanaciones de flores, vaho de cuerpos limpios y brisas del iris de la ropa blanca. Si al hacerse el pago cae al suelo una moneda, al buscarla se entrevén piececitos chicos, tacones Luis XV, encajes de enaguas y tobillos menudos. A medida que el coche avanza por la calle de Alcalá arriba, el sol irradia más e infunde mayor alborozo el bullicio dominguero, el gentío que hierve en las aceras, el rápido cruzar de los coches, la claridad del día y la templanza del aire. ¡Ah, qué alegre el domingo madrileño, qué aristocrático el tranvía a aquella hora en que por todas las casas del barrio se oye el choque de platos, nuncio del almuerzo, y los fruteros de cristal del comedor sólo aguardan la escogida fruta o el apetitoso dulce que la dueña en persona eligió en casa de Martinho o de Prast!

Una sola mancha noté en la composición del tranvía. Es cierto que era negrísima y feísima, aunque acaso lo pareciese más en virtud del contraste. Una mujer del pueblo se acurrucaba en una esquina, agasajando entre sus brazos a una criatura. No cabía precisar la edad de la mujer; lo mismo podría frisar en los treinta y tantos que en los cincuenta y pico. Flaca como una espina, su mantón pardusco, tan traído como llevado, marcaba la exigüidad de sus miembros: diríase que iba colgado en una percha. El mantón de la mujer del pueblo de Madrid tiene fisonomía, es elocuente y delator: si no hay prenda que mejor realce las airosas formas, que mejor acentúe el provocativo meneo de cadera de la arrebatada chula, tampoco la hay que más revele la sórdida miseria, el cansado desaliento de una vida aperreada y angustiosa, el encogimiento del hambre, el supremo indiferentismo del dolor, la absoluta carencia de pretensiones de la mujer a quien marchitó la adversidad y que ha renunciado por completo, no sólo a la esperanza de agradar, sino al prestigio del sexo.

Sospeché que aquella mujer del mantón ceniza, pobre de solemnidad sin duda alguna, padecía amarguras más crueles aún que la miseria. La miseria a secas la acepta con feliz resignación el pueblo español, hasta poco hace ajeno a reivindicaciones socialistas. Pobreza es el sino del pobre y a nada conduce protestar. Lo que vi escrito sobre aquella faz, más que pálida, lívida; en aquella boca sumida por los cantos, donde la risa parecía no haber jugado nunca; en aquellos ojos de párpados encarnizados y sanguinolentos, abrasados ya y sin llanto refrigerante, era cosa más terrible, más excepcional que la miseria: era la desesperación.

El niño dormía. Comparado con el pelaje de la mujer, el de la criatura era flamante y decoroso. Sus medias de lana no tenían desgarrones; sus zapatos bastos, pero fuertes, se hallaban en un buen estado de conservación; su chaqueta gorda sin duda le preservaba bien del frío, y lo que se veía de su cara, un cachetito sofocado por el sueño, parecía limpio y lucio. Una boina colorada le cubría la pelona. Dormía tranquilamente; ni se le sentía la respiración. La mujer, de tiempo en tiempo y como por instinto, apretaba contra sí al chico, palpándole suavemente con su mano descarnada, denegrida y temblorosa.

El cobrador se acercó librillo en mano, revolviendo en la cartera la calderilla. La mujer se estremeció como si despertase de un sueño, y registrando en su bolsillo, sacó, después de exploraciones muy largas, una moneda de cobre.

-¿Adónde?

-Al final.

-Son quince céntimos desde la Puerta del Sol, señora -advirtió el cobrador, entre regañón y compadecido-, y aquí me da usted diez.

-¡Diez!... -repitió vagamente la mujer, como si pensase en otra cosa-. Diez...

-Diez, sí; un perro grande... ¿No lo está usted viendo?

-Pero no tengo más -replicó la mujer con dulzura e indiferencia.

-Pues quince hay que pagar -advirtió el cobrador con alguna severidad, sin resolverse a gruñir demasiado, porque la compasión se lo vedaba.

A todo esto, la gente del tranvía comenzaba a enterarse del episodio, y una señora buscaba ya su portamonedas para enjugar aquel insignificante déficit.

-No tengo más -repetía la mujer porfiadamente, sin irritarse ni afligirse.

Aun antes de que la señora alargase el perro chico, el cobrador volvió la espalda encogiéndose de hombros, como quien dice: "De estos casos se ven algunos." De repente, cuando menos se lo esperaba nadie, la mujer, sin soltar a su hijo y echando llamas por los ojos, se incorporó, y con acento furioso exclamó, dirigiéndose a los circunstantes:

-¡Mi marido se me ha ido con otra!

Este frunció el ceño, aquél reprimió la risa; al pronto creímos que se había vuelto loca la infeliz para gritar tan desaforadamente y decir semejante incongruencia; pero ella ni siquiera advirtió el movimiento de extrañeza del auditorio.

-Se me ha ido con otra -repitió entre el silencio y la curiosidad general-. Una ladronaza pintá y rebocá, como una paré. Con ella se ha ido. Y a ella le da cuanto gana, y a mí me hartó de palos. En la cabeza me dio un palo. La tengo rota. Lo peor, que se ha ido. No sé dónde está. ¡Ya van dos meses que no sé!

Dicho esto, cayó en su rincón desplomada, ajustándose maquinalmente el pañuelo de algodón que llevaba atado bajo la barbilla. Temblaba como si un huracán interior la sacudiese, y de sus sanguinolentos ojos caían por las demacradas mejillas dos ardientes y chicas lágrimas. Su lengua articulaba por lo bajo palabras confusas, el resto de la queja, los detalles crueles del drama doméstico. Oí al señor cuarentón que encendía fósforos para entretener al mamoncillo, murmurar al oído de la dama que iba a su lado.

-La desdichada esa... Comprendo al marido. Parece un trapo viejo. ¡Con esa jeta y ese ojo de perdiz que tiene!

La dama tiró suavemente de la manga al cobrador, y le entregó algo. El cobrador se acercó a la mujer y le puso en las manos la dádiva.

-Tome usted... Aquella señora le regala una peseta.

El contagio obró instantáneamente. La tripulación entera del tranvía se sintió acometida del ansia de dar. Salieron a relucir portamonedas, carteras y saquitos. La colecta fue tan repentina como relativamente abundante.

Fuese porque el acento desesperado de la mujer había ablandado y estremecido todos los corazones, fuese porque es más difícil abrir la voluntad a soltar la primera peseta que a tirar el último duro, todo el mundo quiso correrse, y hasta la desdeñosa chiquilla de la gran melena rubia, comprendiendo tal vez, en medio de su inocencia, que allí había un gran dolor que consolar, hizo un gesto monísimo, lleno de seriedad y de elegancia, y dijo a la hermanita mayor: "María, algo para la pobre." Lo raro fue que la mujer ni manifestó contento ni gratitud por aquel maná que le caía encima. Su pena se contaba, sin duda, en el número de las que no alivia el rocío de plata. Guardó, sí, el dinero que el cobrador le puso en las manos, y con un movimiento de cabeza indicó que se enteraba de la limosna; nada más. No era desdén, no era soberbia, no era incapacidad moral de reconocer el beneficio: era absorción en un dolor más grande, en una idea fija que la mujer seguía al través del espacio, con mirada visionaria y el cuerpo en epiléptica trepidación.

Así y todo, su actitud hizo que se calmase inmediatamente la emoción compasiva. El que da limosna es casi siempre un egoistón de marca, que se perece por el golpe de varilla transformador de lágrimas en regocijo. La desesperación absoluta le desorienta, y hasta llega a mortificarle en su amor propio, a título de declaración de independencia que se permite el desgraciado. Diríase que aquellas gentes del tranvía se avergonzaban unas miajas de su piadoso arranque al advertir que después de una lluvia de pesetas y dobles pesetas, entre las cuales relucía un duro nuevecito, del nene, la mujer no se reanimaba poco ni mucho, ni les hacía pizca de caso. Claro está que este pensamiento no es de los que se comunican en voz alta, y, por lo tanto, nadie se lo dijo a nadie; todos se lo guardaron para sí y fingieron indiferencia aparentando una distracción de buen género y hablando de cosas que ninguna relación tenían con lo ocurrido. "No te arrimes, que me estropeas las lilas." "¡Qué

gran día hace!" "¡Ay!, la una ya; cómo estará tío Julio con sus prisas para el almuerzo..." Charlando así, encubrían el hallarse avergonzados, no de la buena acción, sino del error o chasco sentimental que se le había sugerido.

Poco a poco fue descargándose el tranvía. En la bocacalle de Goya soltó ya mucha gente. Salían con rapidez, como quien suelta un peso y termina una situación embarazosa, y evitando mirar a la mujer inmóvil en su rincón, siempre trémula, que dejaba marchar a sus momentáneos bienhechores, sin decirles siquiera: "Dios se lo pague." ¿Notaría que el coche iba quedándose desierto? No pude menos de llamarle la atención:

-¿Adónde va usted? Mire que nos acercamos al término del trayecto. No se distraiga y vaya a pasar de su casa.

Tampoco me contestó; pero con una cabezada fatigosa me dijo claramente: "¡Quia! Si voy mucho más lejos... Sabe Dios, desde el cocherón, lo que andaré a pie todavía."

El diablo (que también se mezcla a veces en estos asuntos compasivos) me tentó a probar si las palabras aventajarían a las monedas en calmar algún tanto la ulceración de aquella alma en carne viva.

-Tenga ánimo, mujer -le dije enérgicamente-. Si su marido es un mal hombre, usted por eso no se abata. Lleva usted un niño en brazos...; para él debe usted trabajar y vivir. Por esa criatura debe usted intentar lo que no intentaría por sí misma. Mañana el chico aprenderá un oficio y la servirá a usted de amparo. Las madres no tienen derecho a entregarse a la desesperación, mientras sus hijos viven.

De esta vez la mujer salió de su estupor; volvióse y clavó en mí sus ojos irritados y secos, de horrible párpado ensangrentado y colgante. Su mirada fija removía el alma. El niño, entre tanto, se había despertado y estirado los bracitos, bostezando perezosamente. Y la mujer, agarrando a la criatura, la levantó en vilo y me la presentó. La luz del sol alumbraba de lleno su cara y sus pupilas, abiertas de par en par. Abiertas, pero blancas, cuajadas, inmóviles. El hijo de la abandonada era ciego.

"El Imparcial", 24 febrero 1890.

ADRIANA

Dejé caer el periódico, exclamando con sorpresa dolorosa:

-Pero ¡esa pobre Adriana! Morirse así, del corazón, casi de repente... ¡Nadie estaba enterado que padeciese tal enfermedad!

-Yo sí lo sabía -declaró el vizconde de Tresmes-, y aún sabía más: sabía cuándo y cómo adquirió el padecimiento, y es cosa curiosa.

-Entérenos usted -suplicamos todos.

Y el vizconde, que rabiaba siempre por enterar, nos contó la historia siguiente:

-Adriana Carvajal, casada con Pedro Gomara, vivía dichosísima. Los esposos reunían cuanto se requiere para disfrutar la felicidad posible en el mundo: juventud y amor, salud y dinero, que son la salsa o condimento de los Primeros platos, sin él desabridos, amargos a veces. Faltábales, sin embargo, un heredero, un niño en quien mirarse; pero la suerte no había de mostrarse avara en esto, y les envió, por fin, el rapaz más lindo que pudo soñar la fantasía de una madre, apasionada y loca ya desde antes de la maternidad, como era Adriana. Al nacer el chico (a quien pusieron por nombre Ventura, en señal de la que les prometía su nacimiento), Adriana estuvo en grave peligro, y el doctor declaró que no volvería a tener sucesión. El delirio con que marido y mujer amaban a su Venturita fue causa de que oyesen complacidos el vaticinio del doctor. ¡Un solo hijo, y todo para él! ¡Adriana libre ya por siempre de riesgos y trabajos! Tanto mejor..., y a vivir y a cuidar del retoño.

Este se crió hermoso y lozano como una rosa. Yo, que no soy nada aficionado a los chicos -advirtió sonriendo en vizconde de Tresmes-, confieso que aquél me hacía muchísima gracia. Aparte de su lindeza (parecía uno de los angelitos que pintaba Murillo, morenos y de pelo oscuro), tenía un no sé qué simpático, una mezcla de inocencia y picardía, una risa tan fresca, unas acciones tan imprevistas y tan originales, una precocidad (pero no de esas precocidades empalagosas de chiquillo sabio y serio, que me revientan, sino la precocidad de un diablillo con un ingenio celestial), que, vamos, no había más remedio que llevarle juguetes y dulces, por el gusto de sentarle un rato sobre las rodillas.

De la chifladura de sus padres sería inútil hablar, porque ustedes la adivinan. Estaban chochitos; no conocían otro Dios que el tal muñeco. Adriana no se había apartado un instante de su cuna, vigilando a la nodriza, arrebatándole el pequeño así que acababa de mamar, vistiéndole, desnudándole, bañándole y guardándole el sueño... Y así que empezó a interesarse por el mundo exterior, a extender las manitas y a pedir "tochas", les faltó tiempo para darle cuanto deseaba y mil objetos más, que ni se le ocurrían ni podían ocurrírsele. La hermosa casa antigua con jardín que habitaban los Gomara se llenó de cachivaches. ¡Y bichos! El arca de Noé. Los caballos de cartón andaban mezclados con los pájaros vivos; sobre un ferrocarril mecánico veríais un pulcro galguito de carne y hueso; el coche tirado por carneros era abandonado por una gran caja de soldados autómatas, que hacían el ejercicio... Crea usted que derrochaban dinero en semejantes chucherías, y yo le dije alguna vez a Adriana, porque tenía confianza con ella:

-Hija, estáis malcriando a este pequeñín...

-Déjele que se divierta ahora -me contestaba-; demasiado rabiará algún día... ¡Ojalá pueda ofrecerle siempre lo que le haga dichoso!

El repertorio de los juguetes y sorpresas se agota pronto, y no sabía ya Adriana qué nueva emoción dar a Ventura, cuando el cocinero de la casa, que había andado embarcado diez años y conservaba amigotes en todas las regiones del planeta, se descolgó un día regalando al chico un mono. Soy poco inteligente en Historia Natural, y no me pidan ustedes que clasifique la alimaña; solo les diré que ni era de esos monazos indecorosos y feroces que nadie se atreve a tener en las casas, como el orangután, ni tampoco de esos titíes engurruminados y frioleros que se pasan la vida tiritando entre algodón en rama. Más bien era grande que pequeño; tenía el pelaje gris verdoso y el hocico de un rojo mate, como el de hierro oxidado; se veía que estaba en la juventud y rebosando fuerza, y aunque goloso y travieso como toda la gente de su casta, no era maligno. Inteligente e imitador en grado sumo, no podía hacerse delante de él cosa que no parodiase, y su agilidad y presteza nos divertían muchísimo; era cosa de risa verle fingir que fregaba platos o que rallaba pan en la cocina, y saltar sobre el lomo de los caballos para ayudar al lacayo en sus faenas de limpieza.

A pesar de la índole relativamente benigna del mono, su inquietud y su vivacidad obligaban a tenerle preso en una caseta con fuerte cadenilla, porque ya dos veces se había escapado a corretear por árboles y chimeneas; cuando se le soltaba había que vigilarle, y a Venturita, que acababa de cumplir los tres años y que idolatraba en el mono, era preciso guardarle también para que no desatase la cadenilla, pues lo hacía con habilidad singular.

Una tarde que había yo almorzado en casa de Gomara y estábamos tomando el té en un cenador del jardín -me acuerdo como si fuera ahora mismo, porque hay cosas que impresionan, aunque uno no quiera-, vimos cruzar como un rayo al mono; tan como un rayo, que más bien lo adivinamos que lo vimos. "¡Adiós, ya se ha escapado ese maldito de cocer!", dijo Pedro Gomara, levantándose; y Adriana, con sobresalto instintivo, lo primero que exclamó fue: "¿Dónde estará Ventura?" "Ese le habrá soltado, de fijo", respondió Pedro, que frunció el entrecejo ligeramente. En el mismo instante resonó un agudo chillido de mujer, un chillido que revelaba tal espanto, que nos heló la sangre; y voces de hombres, las voces de los criados que nos servían, y que corrían hacia el cenador, clamando con angustia: "Señorito, señorito", nos obligaron a precipitarnos fuera. Adriana nos siguió sin decir palabra; un grupo formado por los sirvientes y la desesperada niñera nos rodeó, señalando hacia el tejado de la casa; y allí, al borde de la última hilera de tejas, sentado en el conducto de cinc, que recogía aguas de lluvias, estaba el mono con el niño en brazos.

El padre, con ademanes de loco, iba a precipitarse al zaguán para subir a las bohardillas y salir al tejado; yo pedía una escalera para intentar el desatino de subir por ella a la formidable altura de tres pisos, cuando Adriana, muy pálida (¡qué palidez la suya, Dios!) y con los ojos fuera de las órbitas, nos contuvo, murmurando en voz sorda y cavernosa, una voz que sonaba como si pasase al través de trapos húmedos:

-Por la Virgen..., quietos..., todos quietos..., no se mueva nadie... Y silencio..., no chillar..., no chillar...; hagan como yo... Quietos...; si le asustamos, le tira.

Sentimos instantáneamente que tenía razón la madre y quedamos lo mismo que estatuas. Era el mayor absurdo que intentásemos luchar en agilidad y en vigor, sobre un tejado, con un mono. Antes que nos acercásemos estaría al otro extremo del tejado, y el niño, estrellado en el pavimento.

Era preciso jugar aquella horrible partida: aguardar a que el mono, por su libre voluntad, se bajase con el niño. Yo miraba a Adriana; su palidez, por instantes, se convertía en un color azulado; pero no pestañeaba. El mono nos hacía gestos y muecas estrafalarias, apretando y zarandeando a su presa, y de improviso se oyó distintamente el llanto de la criatura, llanto amarguísimo, de terror; sin duda acababa de sentir que estaba en peligro, aunque no lo pudiese comprender claramente. La madre tembló con todo su cuerpo, y el padre, inclinándose hacia mí, sollozó estas palabras:

-Tresmes, usted, que es buen tirador... Una bala en la cabeza... Voy por la carabina.

Idea insensata, delirante, porque aun siendo yo un Guillermo Tell, al matar al mono haríamos caer al niño; pero no tuve tiempo de negarme; intervino Adriana con un "no" tan enérgico, que su marido se mordió los puños... Y la madre, terriblemente serena, añadió en seguida:

-Si le miramos, nunca bajará... Hay que retirarse... Hay que esconderse; que no nos vea.

Nos recogimos al cenador, desgarramos la pared de enredaderas, y desde allí, como se pudo, espiamos al enemigo. ¿Les estremece a ustedes la situación? ¡Pues estremézcanse más! Duró veinte minutos. Sí; los conté por mi reloj. En esos veinte minutos, el mono depositó al niño en el tejado, le acarició como había visto hacer a la niñera, le obligó a pasear cogido de la mano, le aupó sobre la chimenea y le llevó a cuestas, a caballito (un sainete, que en otra ocasión nos haría desternillarnos). Durante esos veinte minutos, Pedro anhelaba; a Adriana no se le oía ni respirar. Por fin, el mono miró hacia abajo, hizo varios visajes y, recogiendo a Ventura, se descolgó rápidamente con su carga, lo mismo que un funámbulo sin cuerda, al jardín... Entonces salimos con explosión todos, todos, menos la madre, que había caído redonda, y el animal, asustado, soltó al chico ileso y se refugió en su caseta.

Aquella tarde Adriana sufrió dos sangrías, que no sacaron más que gotas negras, y desde entonces padeció del corazón. Parecía que se había repuesto mucho en estos últimos años; pero, ¡bah!, la herida era mortal y ella no lo ignoraba...

-¿Y qué fue del mono? -preguntamos como chiquillos.

-Tuve yo que pegarle el tiro... ¡Si viesen ustedes que me daba lástima! -repuso el vizconde.

"El Imparcial", 12 octubre 1896.

-Sí, señores míos -dijo el viejo marqués, sorbiendo fina pulgarada de "cucarachero", golpeando con las yemas de los dedos la cajita de concha, lo mismo que si la acariciase-. Yo fui, no sólo amigo, sino defensor y encubridor de un capitán de gavilla. ¿No lo creen ustedes? ¡Histórico, histórico! A mi ladrón le ahorcaron en Lugo, y consta en autos.

Lo que se ignoró siempre (los jueces, en ese punto, no consiguieron hacer ni tanto así de luz) es el verdadero nombre que llevaba el ladrón, allá en sus mocedades, antes de dedicarse a tan infamante oficio, cuando se educaba conmigo en el Colegio de Nobles de Monforte. Desde que se metió a capitán de forajidos le conocieron por Vitorio; así le llamaremos. ¡Líbreme Dios de echar baldón sobre una familia antigua e ilustre y deshacer lo que el pobrecillo llevó a cabo con el valor que ustedes verán, si me atienden.

Les aseguro que en el Colegio de Nobles no tuve compañero que me pareciese más simpático. De carácter vivo y vehemente, de inteligencia clara y feliz memoria, estudiaba con suma facilidad; los maestros estaban encantados de él. Al mismo tiempo, travesura que en el colegio se ejecutase, era sabido: ¿quién la discurrió? Vitorio. No sé qué maña se daba, que siempre era cabeza de motín, y todos nos poníamos a sus órdenes, reconociendo su iniciativa y su autoridad. Era en sus resoluciones tenacísimo y violento, pero pundonoroso hasta dejárselo de sobra, y si alguien me dice entonces que Vitorio pararía en ladrón, creo que al tal le deshago yo la cara a bofetones.

Como siempre fui enclenque y enfermizo, Vitorio me había tomado bajo su protección, y más de una vez escarmentó a los colegiales que me jugaban pasaditas. Esto, y el ascendiente que ejercía por su manera de ser, hicieron que yo fuese consagrando a Vitorio apasionada adhesión.

Un día recibió Vitorio cartas de su casa, y con ellas la amarguísima noticia de que su padre, que era viudo, se disponía a contraer segundas nupcias.

El paroxismo de ira del muchacho, que adoraba en el recuerdo de su madre, fue tremebundo; espumaba de rabia, se retorcía, se quería romper la cabeza contra la pared del dormitorio. Le consolé lo mejor que pude, y cuando ya le creía aplacado, he aquí que se levanta de noche y me propone que nos descolguemos por la ventana, atando las sábanas unas a otras, y que, andando diez leguas, lleguemos a tiempo de impedir la boda de su padre. La fascinación de Vitorio era tal, que al pronto consentí en el absurdo proyecto, y si invencibles dificultades materiales no nos lo estorbasen, creo que lo realizamos.

Poco tardé en salir del colegio, y en bastantes años nada supe de Vitorio. Estudié Derecho en Compostela, me casé, enviudé, y, teniendo que arreglar cuestiones de intereses, me establecí en mi casa de aldea de los Adrales, situada entre Monforte y Lugo, en país montuoso.

Hablábase mucho, en las veladas junto al fuego, de la gavilla que recorría aquellas inmediaciones, y de la original conducta de su jefe. Contábase que tenía prohibido matar y atormentar, a menos que le hiciesen resistencia; que jamás despojaba por completo una casa, sino que siempre cuidaba de dejar algún dinero a los robados, para que no careciesen de todo en los primeros instantes; que algunas veces sus robos llenaban el fin de reparar antojos de la suerte, pues daba al pobre lo del rico, al segundón lo del mayorazgo, al seminarista lo del racionero y al arrendatario lo del señor. Añadían que era galante con las damas, y que éstas, aunque robadas, no le querían mal, ni mucho menos. En resumen: la clásica silueta del "bandido generoso", y si de Vitorio no hubiese más que decir, se podía ahorrar el relato o sustituirlo por historias muy análogas, verbigracia, la de José María.

Aun cuando yo, por precisión, guardaba en casa dinero (entonces no era tan fácil como hoy ponerlo a buen recaudo), y aunque no alardeo de valiente, ello es que las noticias referentes a la gavilla me alarmaron poco, y seguí cenando siempre con las ventanas abiertas -era muy calurosa la estación- y quedándome entretenido en leer hasta que me entraba sueño, sin pensar en cerrarlas. Una noche, estando bien descuidado, cátate que, lo mismo que una bala, cae a mis pies un hombre, pálido, demacrado, con la ropa hecha trizas, y sin que yo tuviera tiempo a nada, exclama, cogiéndome de un hombro, en tono lastimero:

-¡Sálvame, Jerónimo! Soy fulano..., tu compañero, tu antiguo amigo. Me persiguen, mi vida está en tus manos.

Le hice señas de que no temiese; corrí a trancar la ventana con barra doble; cerré también las puertas, y tendí los brazos a Vitorio, porque ya le había reconocido. Aunque desfigurado y muy variado por la edad, reconstruí aquella cabeza hermosa, morena, de facciones tan delicadas y de tan viril expresión. No sin gran sorpresa mía, Vitorio se resistió a abrazarme, y murmuró fatigosamente:

-Dame algo...: hace tres días que no pruebo alimento.

Le serví de la cena que aún estaba allí sin recoger, y así que reparó sus fuerzas, me dijo:

-No me abraces, Jerónimo. Soy el capitán de gavilla de quien tanto habrás oído, y por milagro no estoy en poder de los que quieren ahorcarme. Si me conservas algún cariño, ocúltame y déjame dormir, si no, échame; pero no digas a nadie cómo y dónde me conociste...

Existía en los Adrales un precioso escondrijo antiguo, una especie de desván practicado bajo otro desván, oculto por un segundo tabique, y con salida a una escalerilla recatada en el hueco de la pared, y que moría al pie del bosque. Allí metí a Vitorio, y aunque la fuerza que le perseguía rodeó mi casa, y aunque se la dejé registrar sin oponer reparo, no encontraron al fugitivo, ni era posible, a no estar en el secreto, que sólo sabíamos el mayordomo y yo. Conjurado el peligro, no quise que se alejase Vitorio hasta que descansó bien, se lavó, se afeitó, se vistió con ropa mía y tuvo en el cinto dos ricas pistolas inglesas y en la bolsa oro. No le pregunté palabra, no le dirigí observaciones ni le di consejos, y esta delicadeza fue, sin duda, la que le movió a decirme poco antes de marchar:

-Jerónimo, ¿te acuerdas de la boda de mi padre y de aquel disparate que queríamos hacer en el colegio? Pues de no hacerlo vino mi perdición. Cuando llegué a mi casa encontré dueña de ella a una madrastra que obligaba a mi hermana a que la sirviese, y que hasta la pegaba delante de mí, ¡delante de mí! Tú me has conocido... Recordarás mi carácter... ¡Asómbrate! Yo, al pronto, supe reprimirme, y hablé a mi padre como un hombre habla a otro hombre. Le dije que quería llevarme a mi hermana, y que sólo le pedía algún auxilio en dinero para que ella no se muriese de hambre. Me contestó con desprecio, con enojo, y me ordenó que respetase a mi madrastra. Entonces, fuera de mí, le dije que mi madrastra no merecía respeto, y que se lo demostraría antes de un año. Y así fue, Jerónimo: a los pocos meses mi madrastra y yo... ¿Entiendes? ¡Me lo propuse y lo conseguí..., lo conseguí...! ¡Por "aquello", y no por "lo de ahora", merezco que me cojan y me ahorquen...! En fin: lo cierto es que mi padre no pudo dudar de su afrenta, y me echó de casa, maldiciéndome, apaleándome y prohibiéndome que usase su nombre jamás. El resto ya lo sabes... Adiós, voy a reunirme con mi gente, que andará esparcida por la montaña.

Desapareció y supe que la gavilla se había retirado de aquellos contornos, metiéndose sierra adentro, por sitios casi inaccesibles. Dos años después del imprevisto lance, se habló mucho de un robo cometido por Vitorio en casa de un señor canónigo de Lugo. Consistía la originalidad en que el robo lo había realizado Vitorio solo, en una ciudad y a las doce del día. Hallábanse juntos el buen canónigo y cierto clérigo de misa y olla, jugando al tute, por más señas, cuando vieron entrar a un caballero apersonado y galán que los saludó muy cortésmente.

-Soy Vitorio -dijo-; pero no se asusten ustedes, que no traigo ánimo de hacerles ningún mal. Entendámonos como se entiende la gente de buena educación; vengo por los cinco mil duros en onzas de oro que el señor canónigo guarda ahí, debajo de esa arquilla; con levantar un ladrillo numerado, aparecerá el escondrijo.

-¡Cinco mil duros! -gritó el canónigo, más muerto que vivo-. Pero, señor de Vitorio, ¡si jamás he poseído esa suma!

Y el clérigo, oficiosamente, exclamaba:

-¡Ea!, señor canónigo, no haya más; dé usted al señor de Vitorio esos cuartos, siquiera por la gracia y la amabilidad con que los pide.

-Déselos usted, si los tiene, y no disponga de caudales ajenos -replicaba, afligido, el canónigo.

Y Vitorio, siempre afable, añadía:

-Bien dice el señor canónigo; este cura, mientras le aconseja a usted que se desprenda de tan gruesa suma, se está escondiendo en la pretina una tabaquera de plata, como si Vitorio fuese algún ratero que cogiese porquerías semejantes. Pero, señor canónigo, yo sé que los cinco mil duros ahí están; yo me veo en un grave apuro (que si no, no molestaría a persona tan respetable como usted). Buen ánimo; si puedo, he de restituírselos.

Y con gallardo ademán entreabrió su abrigo, viéndose relucir la culata de unas pistolas (quizás las mías). El trémulo canónigo y el abochornado clérigo alzaron el ladrillo y entregaron a Vitorio los talegones. El forajido se inclinó, hizo mil cortesías, y los hombres, que con un grito hubieran podido perderle, se quedaron más de diez minutos sin habla, mientras él, tranquilamente, bajaba las escaleras.

Sin embargo, el clérigo, que era sañudo y rencoroso, la tuvo guardada, como suele decirse. Un día de feria, saliendo de la catedral, creyó reconocer a Vitorio en un aldeano que llevaba a vender una pareja de bueyes, y le siguió con cautela. Notó que el aldeano tenía las manos blancas y finas, y corrió a delatarle. Hizo rodear la taberna donde había observado que entraba, y así cogieron en la ratonera al célebre capitán, a quien ya sin esperanzas de alcanzarle perseguían por montes y breñas.

La causa de Vitorio tardó mucho en fallarse. Se susurraba que, por ser de muy esclarecida y calificada familia, no se atrevían los jueces a mandarle ahorcar, y que si revelaba su verdadero nombre se le dejaría evadirse o le indultaría la Reina. Yo me encontraba entonces lejos de mi país, y las noticias en aquel tiempo no volaban como ahora. Por casualidad llegué a Lugo el mismo día en que pusieron en capilla a Vitorio. Corrí a verle, afectadísimo. Habíanme asegurado que la noche anterior una dama muy tapada, penetrando en la prisión, habló largo tiempo con Vitorio, y sospechando amoríos, compromisos, lazos que quedaban en el mundo, pregunté a mi antiguo compañero si tenía algo que encargarme para alguna mujer.

-No -respondió, sonriendo con calma-; no tengo a nadie que me llore. La señora que estuvo a verme ocultando el rostro es mi hermana, a quien he prometido solemnemente dejarme ahorcar sin que me arranquen mi nombre de familia. Y este es el único favor que te pido, Jerónimo: ¡que nadie, nadie sepa nunca!... No he de deshonrar a mi padre dos veces.

En efecto, Vitorio murió callando; el clérigo de la tabaquera de plata acudió a presenciar cómo perneaba en la horca; pero el señor canónigo, que no podía olvidar los finos modales con que le habían quitado sus cinco mil duros aplicó muchas misas por el alma del infeliz.

"El Imparcial", 15 enero 1894.

Una tarde gris, en el campo, mientras las primeras hojas que arranca el vendaval de otoño caían blandamente a nuestros pies, recuerdo que, predispuestos a la melancolía y a la meditación por este espectáculo, hablamos de la fatalidad, y hubo quien defendió el irresistible influjo de las circunstancias y de fuerzas externas sobre el alma humana, y nos comparó a nosotros, depositarios de un destello de la Divinidad, con la piedra que, impelida por leyes mecánicas, va derecha al abismo. Pero Lucio Sagris, el constante abogado de la espiritualidad y del libre albedrío, protestó, y después de lucirse con una disertación brillante, anunció que, para demostrar lo absurdo de las teorías fatalistas, iba a referirnos una historia muy negra, por la cual veríamos que, bajo la influencia de un mismo terrible suceso, cada espíritu conserva su espontaneidad y escoge, mediante su iniciativa propia, el camino, bueno o malo, que en esto precisamente estriba la libertad. - Pertenece mi historia -añadió- a un cruento período de nuestras luchas civiles, después de la Revolución de 1868; y evoca la siniestra figura de uno de esos hombres en quienes la inevitable crueldad y fiereza del guerrillero se exaspera al sentir en derredor la hostilidad y la enemiga de un país donde todos le aborrecen: hablo del contraguerrillero, tipo digno de estudio, que mueve a piedad y a horror. Mientras el guerrillero, bien acogido en pueblos y aldeas, encontraba raciones para su partida y confidencias para huir de la tropa o sorprenderla, descuidada, el contraguerrillero, recibido como un perro, sólo por el terror conseguía imponerse: siempre le acechaban la traición y la delación; siempre oía en la sombra el resuello del odio. En guerras tales, el país está de parte de los guerrilleros; o, por mejor decir, las guerrillas son el país alzado en armas, y el contraguerrillero es el Judas contra el cual todo parece lícito, y hasta loable.

Ahora, pues, el contraguerrillero de mi historia -supongamos que se llamaba el Manco de Alzaur- había conseguido realizar el triste ideal de esta clase de héroes; al oír su nombre, persignábanse las mujeres y rompían a llorar los chicos. Interpelado el Gobierno en pleno Parlamento acerca de algunas atrocidades de aquel tigre, protestó de que eran falsas, y que, si fuesen verdad, recibirían condigno castigo; pero realmente, las instrucciones secretas dadas al general encargado de pacificar el territorio en que funcionaba la contraguerrilla del Manco, encerraban la cláusula de dejarle a su gusto, y cuanto más, mejor. Sin embargo, el general, a quien repugnaban y estremecían ciertos actos de barbarie, y que además tenía hijas y era padre tiernísimo, solía encargar mucho al contraguerrillero que, al menos, no se oprimiese violentamente a las mujeres; y el Manco se comprometió a ello, jurando que si alguno de su partida incurría en tal delito, le cortaría inmediatamente las dos orejas. Los contraguerrilleros, que conocían las malas pulgas de su jefe, se guardaban bien de contravenir a lo mandado.

Si en alguna ocasión lamentó el Manco haber empeñado su formidable palabra al general, fue el día en que, evacuado por las fuerzas de Radico y Ollo el pueblo de Urdazpi, penetró la contraguerrilla en este foco del carlismo. Es de saber que el párroco de Urdazpi se encontraba desde hacía año y medio al frente de una partidilla, tan escasa en número como resuelta y hazañosa, y más de diez veces había puesto la ceniza en la frente al Manco yéndole a los alcances, batiéndole, cogiéndole prisioneros y dispersando a su gente, con harto corrimiento y rabia del contraguerrillero. El odio al cura de Urdazpi era ya como un frenesí en el Manco, y en Urdazpi vivían cinco lindas y honestas muchachas, carlistas y devotas, sobrinas del párroco faccioso, hijas de su única hermana, fusilada por los liberales en la anterior guerra. Cuando trajeron ante el Manco, amarillas cual la muerte y tan sobrecogidas que ni podían llorar a las cinco infelices, se alzó un tumulto en el alma feroz del contraguerrillero; la promesa al general combatía los ímpetus salvajes de un corazón sediento de venganza, la venganza inicua de ensañarse en la familia de su enemigo, y devolvérsela vilipendiada y manchada, como se devuelve un trapo que ha limpiado el suelo de la cámara donde se celebra orgía impura. Meditó un instante, frunciendo las hirsutas cejas bajo las cuales encandecían dos ojos de brasa; de pronto, una sonrisa feroz dilató su boca; había encontrado el medio de no faltar a su palabra, y al mismo tiempo de mancillar al cura en la persona de sus sobrinas. Dio en vascuence una orden terminante, y poco después las cinco doncellas, enteramente despojadas de sus ropas, eran paseadas y empujadas al través de las calles del pueblo, entre rechifla, denuestos, golpes y groseros equívocos de los inhumanos que las rodeaban, ebrios de vino y de sangre. El Manco había anunciado que sería reo de pena capital cualquiera de sus contraguerrilleros que no se limitase a mofarse de la desnudez de aquellas desdichadas vírgenes, las cuales, estúpidas de vergüenza, intentando velarse el rostro con el pelo, echándose por tierra para que el fango de las calles las sirviese de vestido, pedían con llanto entrecortado y desgarrador que les devolviesen su ropa y las fusilasen pronto; y al verlas como estatuas de dolorido e injuriado mármol, el Manco en persona, o satisfecho o ablandado ya, escupió a los desnudos y mórbidos hombros de la más joven, y dijo con bestial risa: "Ahora ya pueden volverse a su madriguera estas carcundas".

Considerar el estado de ánimo de las sobrinas del cura después del afrentoso suplicio, es como si nos asomásemos a un abismo de desesperación. Nótese que eran mujeres de intachable conducta, de grave recato, de profunda religiosidad, más bien exaltada; que las respetaban en el pueblo por honradas y las celebraban por hermosas; que a pesar de su fe no tenían vocación monástica, y entre los mozos incorporados a la partida del cura, más de uno rondaba sus ventanas y pensaba en bodas a la conclusión de la guerra. Pero después del horrible atropello del Manco, para las sobrinas del párroco de Urdazpi se había cerrado el horizonte, se habían acabado las perspectivas de la vida y del mundo. La gente, al hablar de ellas, sólo las llamaban Las desnudadas, y este apodo infamante era como inmensa mancha extendida sobre su piel, quemada por tantos impuros ojos. Abrumadas bajo la carga de la desventura, permanecían recluidas en casa, sin asomarse a la ventana siquiera sin salir ni a la iglesia; ¡la iglesia, que es el refugio de todos los dolores! Como si estuviesen contaminadas de lepra, como a los lazrados que la Edad Media aislaba, les traía una amiga, movida a compasión, lo necesario para su sustento, y se lo dejaba en el portal, en un cesto, diariamente, pues ni aun de ella consentían ser vistas y habladas. Así vivieron un año...

-Pues por ahora -dijimos a Lucio Sagri, interrumpiéndole-, su historia de usted demuestra que, sometidas a unas mismas circunstancias, las cinco sobrinas del cura de Urdazpi adoptaron un género de vida absolutamente idéntico.

-¡Aguarden, aguarden! -clamó Lucio-. No se ha concluido el episodio. Al año, la consabida amiga avisó para el entierro de una de las sobrinas, la menor. Aquélla a cuyos cándidos hombros desnudos había escupido el Manco. Enferma de tristeza desde el día de su desgracia, había ocultado su padecimiento por no ver al médico, o más bien porque el médico no la viese. Y la primera salida de la Desnudada fue con los pies para adelante, camino del cementerio. Pocos días después dejó la casa otra Desnudada, la mayor. Hizo su viaje de noche, con la cara envuelta en tupido velo, y apareció en Vitoria, en la casa matriz de las religiosas de una Orden que tiene por misión asistir a los enfermos y amparar a los niños abandonados.

Quedaban solamente en Urdazpi tres de las sobrinas del cura; pero de allí a medio año escapáronse juntas dos de ellas, y se incorporaron a la partida, que por entonces recorría las cercanías en triunfo. Una de las muchachas tuvo ocasión de pelear como un hombre, con denuedo rabioso, contra las tropas liberales hasta que una bala le atravesó el fémur y pereció desangrada. En cuanto a la otra...

-¿Murió también? -preguntamos.

-Peor que si muriese -contestó melancólicamente el narrador-. No sé qué será de ella; rodará por Bilbao; es lo probable. Esa no supo comprender que por mucho que desnuden el cuerpo, el pudor y decoro sólo se pierden cuando se desnuda el alma.

-¿Y la quinta sobrina del cura de Urdazpi?

-¡Ah! Esa vive hoy al lado de su tío, que se acogió a indulto al terminar la guerra civil. Humilde y resignada, ya madura, atendiendo a sus labores domésticas y a sus devociones, no parece recordar que en algún tiempo quiso vivir apartada de sus semejantes... Y en el pueblo la respetan, ¡vaya si la respetan! A pesar de que no puede olvidarse la espantosa acción del Manco, nadie se atrevería a llamarla Desnudada en alta voz.

"Blanco y Negro", núm. 304, 1897.

-Si la santidad de la causa es la que hace al mártir, lo mismo podremos decir del héroe -declaró Méndez Relosa, el joven médico que desde un rincón de provincia empezaba a conquistar fama envidiable-. Sólo es héroe el que se inmola a algo grande y noble. Por eso aquel pobre arrapiezo, a quien asistí y que tanto me conmovió, no merece el nombre de héroe. A lo sumo, fue una semilla que, plantada en buena tierra, germinaría y produciría heroísmo...

-Con todo -objeté- si respecto al mártir las enseñanzas de la Iglesia nos sacan de dudas, sobre el héroe cabe discutir. El concepto del heroísmo varía en cada época y en cada pueblo. Acciones fueron heroicas para los antiguos, que hoy llamaríamos estúpidas y bárbaras. Hasta que los ingleses lo prohibieron, en la India se creía -y se creerá aún, es lo probable- que constituye un rasgo sublime, edificante, gratísimo al Cielo, el que una mujer se achicharre viva sobre el cadáver de su marido -No niego -declaró Méndez- que la gente llama heroísmo a lo que realiza su ideal, y que el ideal de unos puede ser hasta abominable para otros. El embrión de héroe cuya sencilla historia contaré estuvo al diapasón de ciertos sentimientos arraigados en nuestra raza. Lo que le causó esa efervescencia que hace despreciar la muerte, fue "algo" que embriaga siempre al pueblo español. Lo único que revela que el ideal a que aludo es un ideal inferior, por decirlo así, es que para sus héroes, aclamados y adorados en vida, no hay posterioridad; no se les elevan monumentos, no se ensalza su memoria...

Las plazas de toros -continuó después de una breve pausa- han cundido tanto en el período de reacción que siguió a la Revolución de septiembre, que hasta nuestra buena ciudad de H*** se permitió el lujo de construir la suya, a la malicia, de madera, pero vistosa. Cuando se anunció que el célebre Moñitos, con su cuadrilla, estrenaría la plaza durante las fiestas de nuestra patrona la Virgen del Mar, despertóse en H***, más que entusiasmo, delirio. No se habló de otra cosa desde un mes antes; y al llegar la gente torera, nos dio, no me exceptúo, por jalearla, obsequiarla, convidarla y traerla en palmitas desde la mañana hasta la noche. Les abrimos cuenta en el café, les abrumamos a cigarros y les inundamos de jerez y manzanillas. Nos cautivaba su trazo franco y gravemente afable, aunque tosco; nos hacía gracia su ingenuidad infantil, su calma moruna, aquel fatalismo que les permitía arrostrar el peligro impávidos, y, en suma, aquel estilo plebeyo, pero castizo, de grato sabor nacional. En poco días cobramos afición a unos hombres tan desprendidos y caritativos, valientes hasta la temeridad y nunca fanfarrones, creyendo descubrir en ellos cualidades que atraían y justificaban la simpatía con que en todas partes son acogidos.

Yo me aficioné especialmente a un mocito como de quince años, pálido desmedrado, nervioso, que atendía por el alias de Cominiyo. Venía la criatura con los toreros en calidad de monosabio, y era la perla de su oficio; un chulapillo vivo y ágil como un tití, que parecía volar. Desde la primera de las cuatro corridas de aquella temporada en H***, Cominiyo llamó la atención y se ganó una especie de popularidad por su arrojo, su agilidad de tigre, sus gestos cómicos y su oportunidad en acudir a donde hacía falta. La parte que representaba Cominiyo en el drama desarrollado en el redondel era bien insignificante; pero él se ingeniaba para realzar un papel tan secundario, y cuando de los tendidos brotaban frases de elogio para el rapaz, sus macilentas mejillas se iluminaban con pasajero rubor de orgullo, y sus ojos negros ricamente guarnecidos de sedosas pestañas, irradiaban triunfal lumbre.

Cominiyo me había confiado sus secretas ambiciones. Como el poeta de buhardilla sueña la coronación en el Capitolio; como el recluta sueña los tres entorchados; como el oscuro escribiente la poltrona, Cominiyo soñaba ser picador. En vez de ir a las ancas del caballo, quería ir delante, luciendo la fastuosa chaquetilla de doradas hombreras, el ancho sombrerón de fieltro, los calzones de ante, el rígido atavío de esos hombres curtidos y recios, de piel de badana, en que no hacen mella los batacazos. Pero ¿cuándo lograría Cominiyo ascender tan alto? Probablemente así que hubiese demostrado de una manera indudable su gran corazón; así que hiciere "una hombrá". Y dispuesto estaba a hacerla a cualquier hora, y más que dispuesto deseoso, que el valor pide ocasión y tiempo.

En la cuarta corrida presentóse la ocasión tan anhelada y por cierto que con trágico aparato. El tercer toro, hermoso bicho, de gran poder, dio un juego tal desde que salió a la plaza, que llegó a causar cierto pánico: como aquél pocos. Después de destripar por los aires a dos caballos, la emprendió con el que montaba el picador Bayeta, y en un santiamén dejó al jinete aplastado bajo la cabalgadura, en la cual se ensañó y cebó furioso. Crítica era la situación del picador. El peso del jaco le asfixiaba, y si se rebullese, con él la emprendería el toro. En vano la cuadrilla, a capotazos, quería engañar y distraer a la fiera, y Bayeta, ahogándose, asomada la cabeza por detrás del espinazo del jaco moribundo. Ya el toro se lanzaba hacia la nueva presa, y ya el picador se veía recogido y despedido hasta las nubes, cuando una figurilla menuda apareció firmemente plantada sobre el vientre del tendido caballo, y, retando al toro con temeraria bizarría, le hirió repetidas veces con la mano en el inflamado morro y hasta osó juguetear con los agudos cuernos mientras salvaban al picador. Cominiyo, que realizada la proeza intentaba salir escapado, saltó hacia atrás, resbaló en la viscosa sangre, un charco rojo que el caballo había soltado de los pulmones, y el toro le pilló allí mismo, contra las tablas, y le enganchó y levantó en alto y lo dejó caer inerte.

Corrí a la enfermería y reconocí la herida del muchacho, comprobando una cosa horrible que, a pesar de la impasibilidad profesional, me causó grima. El toro había cogido a Cominiyo por la espalda, en la región lumbar; sin duda la fiera tenía astillado el cuerno, y en la astilla sacó un jirón del hígado, una sangrienta piltrafa. Cominiyo no tenía salvación, y su lucha con la muerte, sostenida por la juventud y la índole de la misma lesión, fue larga y cruel. Ocho días le devoró la fiebre inflamatoria, y como él ignoraba la gravedad de la herida, se agitaba en un frenesí de alegres esperanzas y de ambiciosas aspiraciones. La ovación tributada a su hazaña le tenía borracho de gozo, y me decía entusiasmado, mientras yo trataba de calmar sus dolores, que eran atroces, sobre todo al principio:

-Me he portado como los hombres. Digasté: ¿seré picador?

El día en que le acompañamos al cementerio, yo al ver que le echaban encima la húmeda tierra, pensé mucho sobre el heroísmo. Sería una irrisión plantar laureles en sepultura del rapaz..., y sin embargo, a mí me parecía que de la misma madera del alma de Cominiyo están hechas las almas de algunos que podrían reclamar la sombra del árbol sagrado para su tumba.

Mientras regresábamos comentando la suerte del atrevido monosabio, yo recordaba una copla popular.

Hasta la leña en el monte
tiene su separación;
una sirve para santos;
otra para hacer carbón.

De vuelta del viaje, acababa el Verdello de despachar la cena, regada con abundantes tragos del mejor Avia, cuando llamaron a la puerta de la cocina y se levantó a abrir la vieja, que, al ver a su nieto, soltó un chillido de gozo.

En cambio, Verdello, el padre, se quedó sorprendido, y, arrugando el entrecejo severamente, esperó a que el muchacho se explicase. ¿Cómo se aparecía así, a tales horas de la noche, sin haber avisado, sin más ni más? ¿Cómo abandonaba, y no en víspera de día festivo, su obligación en Auriabella, la tienda de paños y lanería, donde era dependiente, para presentarse en Avia con cara compungida, que no auguraba nada bueno? ¿Qué cara era aquella, rayo? Y el Verdello, hinchado de cólera su cuello de toro, iba a interpelar rudamente al chico, si no se interpone la abuela, besuqueando al recién venido y ofreciéndole un plato de guiso de bacalao con patatas oloroso y todavía caliente.

El muchacho se sentó a la mesa frente a su padre. Engullía de un modo maquinal, conocíase que traía hambre, el desfallecimiento físico de la caminata a pie, en un día frío de enero; al empezar a tragar daba diente con diente, y el castañeteo era más sonoro contra el vidrio del vaso donde el vino rojeaba. El padre picando una tagarnina con la uña de luto, dejaba al rapaz reparar sus fuerzas. Que comiese..., que comiese... Ya llegaría la hora de las preguntas.

No tenía otro hijo varón; una hija ya talluda se había casado allá en Meirelle, ¡lejos! Este chico, Leandro, endeble nació y endeble se crió. Al cabo, fruto de una madre tísica. Para proporcionarles bienestar a la madre y al hijo, el Verdello trajinaba día y noche por anchas carreteras y senderos impracticables, ejercitando con ardor su tráfico de arriería, comprando en las bodegas de los señores cosecheros y revendiendo en figones y tabernas el rico zumo de las vides avienses. Vino que catase y adquiriese el Verdello, vino era, ¡voto al rayo!, y vino de recibo en color y sabor. No necesitaba el arriero, para apreciar la calidad del líquido, beber de él; se desdeñaría de hacer tal cosa. Le bastaba, estando en ayunas, echar dos o tres gotas en la punta de la lengua, esto para el sabor; y para el color, otras tantas en la manga de la camisa, arremangada sobre el fornido brazo. Tal mancha, tal calidad. Y allí quedaban las manchas color de violeta, con armas parlantes de la

arriería. El Verdello podía decir, con solo mirar a las manchas, qué bodegas del Avia daban el vino más honradamente moro.

¡Buen oficio el de arriero!¡Buen oficio para el hombre que gasta pelos en el corazón, que de nada se asusta y se lleva en el cinto sus cuatro docenas de onzas, o, ahora que no hay onzas, su fajo de billetes de a cien, y como seguro de las onzas y los billetes, en un bolsillo del chaquetón, el revólver cargado, y en otro, la navaja, amén de la vara de aguijón con puño y a veces la escopeta de tirar a las perdices en tiempo de vacaciones! Porque hay sitios de la carretera que se pueden pasar durmiendo; pero los hay que es poco rezar el Credo, y conviene estar dispuesto a santiguar a tiros a los bromistas. Ya se habían querido divertir con Verdello, y un corte de hoz y dos abolladuras de estacazo tenía en la cabeza; pero llevó que contar el gracioso. Mejor dicho, no lo contó más que una semana.

Y sólo un Verdello es capaz de andar siempre atravesando por los caminos, sin parar y aguantando heladas, lluvias y calores. Así es que no quiso que Leandro siguiera el perro oficio. El muchacho estaría mejor a la sombra, bajo tejas, abrigado y comiendo a sus horas. Y así que cumplió los trece años, le colocó en una tienda de Auriabella, una casa muy decente. Al despedirse del chico con efusión de cariño brusco y bárbaro, medio a pescozones, el padre le leyó la cartilla: "Aquí se cumple... Aquí el hombre se porta, y si no, ¡ojo conmigo...! Honradez... Trabajar... Como te descuides en lo menor, ya puedes prepararte, ¡rayo!"

No hubo necesidad de desplegar rigor. El principal de Leandro escribía satisfecho. Era listo el chiquillo, sabía despachar, complacer, y ascendía poco a poco desde la escoba de barrer la tienda y las cabezas de cardo de alzar el pelo a los paños, al libro de contabilidad. Con el tiempo vendría a ser el alma de establecimiento. La mujer del Verdello, devorada por la consunción, murió tranquila respecto al porvenir de su hijo, viéndole ya, en su fantasía tendero acomodado, grueso, tranquilo, de levita los domingos y en el bolsillo del chaleco su buen reloj de oro.

Viudo, sin más compañía que la vieja, el Verdello, aunque robusto y atlético, no pensaba en volver a casarse. Que se casase el rapaz, que ya tenía sus diecinueve años. Alusiones y reticencias del principal habían puesto al padre en sospechas de que Leandro andaba en pasos algo libres. ¡Cosas de la edad! Que no le distrajesen de la obligación..., y lo demás no importa... ¿A qué venía el ceño del patrón, cuando reconocía que el chico no faltaba de su sitio nunca, y ni el mostrador ni la caja quedaban desamparados ni un minuto? ¿Pues acaso él, el propio Verdello, si rodaba por mesones y tugurios de ciudades, no tenía sus desahogos, sin otras consecuencias? ¡Bah! Un hombre es un hombre... y con más motivo un rapaz.

Sin embargo, al verle llegar así, a horas impensadas, cabizbajo, desencajado, el padre sintió allá dentro algo cortante y frío, como el golpe de un puñal. ¿Qué sucedía? ¿Qué embuchado era aquel, demonio? Y la mirada de sus pupilas fieras se clavaban en Leandro, queriendo encontrar otras pupilas que rastreaban por el plato, mientras los blancos dientes seguían castañeteando o de miedo o de frío...

Acabóse la cena y salió la abuela a preparar la cama, a rebuscar un jergón y una manta, proyectando la añadidura de sus refajos colorados, ¡helaba tanto aquella noche!, y solo ya el padre con el hijo, salió disparada la pregunta:

-¿Tú qué hiciste? ¡Rayo! ¿Tú qué hiciste? Sin mentir...

Como el muchacho callase, dando mayores señales de abatimiento, el Verdello pateó, y en un arranque, soltó la bomba.

-¡Tú has robado! ¡Tú has robado!

Con inmensa angustia, con movimiento infantil, Leandro quiso echarse en brazos de su padre; pero este le rechazó de un modo instintivo y violento, lanzándole contra la pared. El muchacho rompió a sollozar, mientras el arriero, entre juramentos y blasfemias, repetía:

-¡Has robado..., cochino! Robaste la caja, robaste a tu principal... ¡Para pintureros vicios! Y ahora lloras... ¡Rayo de Judas! ¡Me...!

Echaba espuma por la boca, braceaba, cerraba los puños... De repente se aquietó. Para quien le conociese, era aquella quietud muy mala señal. Callado, derecho en medio de la cocina, alumbrado por el hediondo quinqué de petróleo y las llamas del hogar, parecía una grosera estatua de barro pintado, con trágicos rasgos en el rostro, donde se traslucían los negros pensares. ¡Tener un ladrón en casa!, Él, el Verdello, había sido toda su vida hombre de bien a carta cabal; su palabra valía oro, sus tratos no necesitaban papel sellado, ni señal siquiera. Palabra dicha, palabra cumplida. En las bodegas y las tabernas ya conocían al Verdello. Traficar y ganar; pero con vergüenza, sin la indecencia de quitar un ochavo a nadie... ¿Quién se fiaría ya del padre de un ladrón? ¡Rayos! Y con desdén glacial, como si escupiese un resto de colilla, arrojó al rostro del muchacho la frase:

-El robar no te viene de casta.

No hubo más respuesta que sollozos, y el padre añadió con la misma frialdad;

-¿Cuánto cogiste? Porque mañana temprano salgo yo a devolverlo.

Alentó algo el culpable, y, tratando de asegurar la voz, murmuró débilmente y entre hipos:

-Ciento noventa y siete pesos y dos reales...

No pestañeó el arriero. Podía pagar. Se quedaba sin economía, pero... ¡Dios delante! Eso, en comparanza de otras cosas. Mientras echaba sus cuentas, con la mano derecha se registraba faja y bolsos sin duda requisando el capital que guardaba allí, fruto de las ventas realizadas en Cebre y en Parmonde... Acabado el registro, se volvió hacia el muchacho, y señaló a la puerta trasera de la cocina:

-¡Anda ahí fuera! ¡Listo!

¿Fuera? ¿A qué? No servía replicar. Leandro obedeció. ¡Que bocanada de hielo al entrar en la corraliza! La noche era de la de órdago: las estrellas competían en brillar en el cielo, la escarcha en el suelo, y el pilón del lavadero se acaramelaba en la superficie. El mastín de guarda ladró al divisar a los dos hombres; pero su fiel memoria afectiva le iluminó al instante, y loco de alegría se arrojó a Leandro, apoyándole en el pecho las patas. Y cuando padre e hijo pasaron el portón de la corraliza, el can echó detrás, meneando todavía la cola, brincando de gozo. Anduvieron por sembrados y maizales cosa de un cuarto de hora, hasta que el Verdello hizo alto al pie de las tapias de un huerto, derruidas ellas y abandonado él. Y, empujando al muchacho, le arrimó al tapial y se colocó enfrente, ya empuñando el revólver.

Leandro se le desvió con un salto rápido de su instinto animal. Comprendía, y su juventud, la savia de los veinte años, protestaba sublevándose. ¡No; morir, no! Quiso correr, huir a campo traviesa. Y aquel temblor de antes, el de los dientes, el de las manos, descendió a sus piernas flacuchas de mozo enviciado en mujerzuelas, y le doblegó y le hizo caer postrado, medio de rodillas, balbuciendo:

-¡Perdón! ¡Perdón!

El padre se acercó; vio a la semiclaridad de los astros dos ojos dilatados por el terror, que imploraban..., e hizo fuego justamente allí, entre los dos ojos, cuya última mirada de súplica se le quedó presente, imborrable. Cayó el cuerpo boca abajo, y el golpe sordo y mate contra la tierra endurecida por la helada sonó extrañamente; el perro exhaló un largo aullido, y el arriero se inclinó; ya no respiraba aquella mala semilla.

"El Imparcial", 12 febrero 1900.

ELECCIÓN

Lentamente iba subiendo la cuesta el carro vacío, de retorno, y sus ruedas producían ese chirrido estridente y prolongado que no carece de un encanto melancólico cuando se oye a lo lejos. Para el labriego, es causa de engreimiento la agria queja del carro; pero esta vez en el corazón de Telme, resonaba con honda tristeza. A cada áspero gemido sangraba una fibra. Tranquilos en su vigor, los bueyes pujaban, venciendo el repecho; la querencia les decía que por allí iban derechos al brazado de hierba, acabado de apañar. Sus hocicos babosos, recalentados por la caminata, se estremecían, aspirando la brisa del anochecer, en que flotaba el delicioso perfume de la pradería.

A la puerta de la casucha esperaba la mujer de Telme, la tía Pilara, seca, negruzca, desfigurada, más que por la maternidad y los años, por las rudas faenas campestres. Ayudó Pilara a su marido a desuncir el carro, y mientras él encendía un cigarrillo, acomodó los bueyes en el establo separado por un tabique del "leito" conyugal. No cruzaron palabra. No era que no se quisieran; al contrario, queríanse bien aquellos dos seres, a su modo: sino que el labriego es lacónico de suyo, y la absoluta comunidad de intereses hace entenderse sin gastar saliva. La actitud de Telme y su gesto decían a Pilara cuanto le importaba saber. El hijo había salido útil, según el reconocimiento..., y por ende ya era "del rey"; era soldado.

Con un nudo en la garganta, con escozor en los párpados, dispuso Pilara la cena, colocando sobre la artesa las dos escudillas de humeante caldo de "pote". Las despacharon, y, ahorrando luz, se acostaron al punto. Oíase el rumiar de los bueyes, moliendo la hierba jugosa, y no se oía a marido y mujer rumiar la pena, atravesada en el gaznate. Dieron vueltas. Suspiró Pilara; Telme gruñó. ¡Vete noramala, sueño de esta noche!

De pronto -aún no pensaban en cantar los gallos- saltó de la celdilla que sirve de cama al campesino mariñán, y encendiendo un "mixto" y la candileja de petróleo, pasó al establo y se dispuso a sacar la yunta. Pilara, sorprendida, medio soñolienta, le siguió. ¿Qué era aquello? ¿Iba a la feria, por fin? Que esperase tan siquiera hasta que ella trajese para los animales otra carga de "herbiña"... Y el labriego, brusco y sombrío, respondió a media habla:

-No es menester... No van con el carro. No llevan más labor que echar una pata delante de otra...

La mujer se quedó como de piedra. No insistió. ¿Para qué? Sobraban explicaciones. Había comprendido. La limitada vida del labriego se compone de hechos de significación indudable. Quien lleva a la feria la yunta sin el carro, va a venderla. A eso iba Telme; a deshacerse de sus hermosos bueyes para librar al mozo.

Pasado el primer instante, como barril de mosto al que le quitan el tapón, se soltó a chorros la aflicción de Pilara. La marcha de los bueyes, para no volver más, era cosa tan dura, que la aldeana sintió un dolor físico en las entrañas; le arrancaban lo mejor de su casa, lo mejor de la parroquia, lo bueno del mundo, ¡En cuatro leguas de "arredor" no había yunta como aquélla, bueyes tan parejos, tan rojos, de un color rojo brillante como el limpio cobre, tan gordos, tan grandes, de tanta ley para el trabajo, y tan mansos y amorosos, que un chiquillo de siete años los lindaba!

Verdad que tampoco se conocía otro rapaz como Andresiño, más garrido, más sano, más hombre... ¡Y también querían arrebatárselo! ¡Nuestra Señora nos ayude, San Antonio nos valga! Pilara sollozaba a gritos, arañándose el atezado rostro.

Telme, entre tanto, en la corraliza, pasaba el "adival" por entre las astas de los bueyes, y rezongaba, rechazando a su desconsolada mujer.

-¡Pues o los bueyes o el mozo! Una de dos.

Echó la aldeana los brazos al buey de la izquierda, el Marelo -el más guapo y forzudo, el que lucía una estrellita blanca en el testuz- y a su manera, torpemente y hociqueando, besó los anchos ojos, tibios y pestañudos de la bestia.

La caricia equivalía a una despedida; la madre, lo mismo que el padre, "escogía" al suyo, al hijo; no querían, enviarlo allá, a las islas del demonio, donde la fiebre y la peste chupan a los hombres y el machete los descuartiza. ¡Asús mío! Pero una cosa es "escoger" a quien cumple que se escoja, y otra no tener ley a la yunta, ¡que para no tenérsela, había que ser de palo! Porque, a más de que aquella yunta le ponía la ceniza en la frente a todas las de la Mariña, se ha de mirar de que Pilar y Telme llevaban años quitándose el mendrugo de la boca para dárselo a los bueyes. La corteza de borona, la encaldada de patatas, calabazo y berza, son alimentos que comparten el labrador y el buey; lo que hace encaldada para el animal, hace caldo para el dueño. Si el buey engorda, es que el labrador se priva, mermando su ración. La vanidad, ese tenacísimo sentimiento humano, que nunca pierde sus derechos, también alienta en los labradores. Toda la parroquia envidiaba la yunta, hasta tal extremo, que Pilara les había colgado de las astas, de suerte que cayese en el remolino central del testuz, un evangelio y dos dientes de ajo encerrados en una bolsa, remedio contra la "envidia", que para el aldeano es una fuerza misteriosa, capaz de maleficiar. Pero, aunque dañina, la envidia es lisonjera. Telme iba por el camino real con sus bueyes, que ni el Papa en su silla. Y ahora..., ni fachenda, ni provecho, ni orgullo, ni labranza; al agua todo. El carro, perpetuamente inmóvil y en la corraliza; las tierras, sin arar; los lucrativos "carretos" de piedra y arena, para otro... No había remedio. ¡La elección estaba hecha!

Así que se alejó Telmo y dejó de oírse el paso acompasado de la yunta, Pilara secó en el dorso de la áspera mano los últimos lagrimones, y, resignadamente, se puso a disponer lo necesario para la cocedura. Con llorar no se calienta el horno ni se amasa la harina.

La aldeana bregó sin descanso. Mientras partía y disponía la leña y sobaba la masa con las oscuras manos, la congoja iba calmándose. Adiós los bueyes..., pero ya vendría el rapaz. Si buena era la yunta, Andresillo mejor. A forzudo y voluntario, ninguno le ganaba. En un día despabilaba él más obra que en una semana otros. Y ni pinga de vino, ni camorrista, ni amigo de ir de tuna. Ganas tenía de arrendar un lugar y casarse; pero ahora que sus padres se quedaban por él sin la luz de los santos ojos..., ya les ayudaría a juntar para otra pareja. Con lo que tenían guardado en el pico del arca y el jornal de Andrés, en dos o tres años...

No pasaba de mediodía cuando regresó Telme, cabizbajo, solo ya, con las manos vacías, enrollado el "adival" alrededor del cuerpo. Esta vez, Pilara preguntó ansiosa: "¿Cuánto? ¿Cuánto?" Telme tardó en responder. Al cabo, mohíno, al ir a sentarse a comer el pote con unto rancio y la "borona" enmohecida -la "bolla" fresca no había salido aún del horno, ni saldría hasta la tarde-, desató la lengua, entre reniegos, porque ya sabía Telme que lo que bajase de cinco mil y pico era regalar la yunta; y en aquella maldita feria no parece sino que se habían juramentado los compradores para no ofrecer arriba de cuatro mil. Y era pillada y "mala idea", porque tan pronto como se los dejó a un chalán desconocido, con acento andaluz, en cuatro mil y pico, otro de Breanda le dio ventaja al chalán y se los llevó. Pero ¡tenían que ir al arca...! Y pronto, pronto. Que él pediría emprestada la burra a Gorio de Quintás, y a las tres, Dios mediante, había de estar en Marineda, depositando el dinero a cambio del hijo.

Abrieron el arca como si se hubiesen abierto las venas. Pilara cruzaba las manos, gemía bajito, alzaba al cielo los ojos, se cogía la cabeza, al volver del revés sobre la artesa el calcetín de lana gorda: los ahorriños de tanto tiempo. Estaban en moneda sonante, en metálico; el labriego no quiere guardar papel. Había duros relucientes del nene, otros oxidados, mucha peseta, calderilla roñosa. Aunque sabían al dedillo la cantidad recontaron: sobraba un pico. Telme añudó lo necesario en un pañuelo de algodón azul, por no mezclarlo con lo de la venta, que iba casi todo en billetes de a ciento, oculto a raíz de la carne. Hecho esto, salió en demanda de la pollina.

Pilara aguardó, aguardó hasta las altas horas. No sabía si su hombre dormía aquella noche en Marineda, para volver con el mozo, temprano. Se acostó al fin. A cosa de la una oyó llamar a voces, y conoció la de Telme. La sangre le dio una vuelta. Saltó en camisa, encendió la candileja, abrió: Telme, con la cara color de difunto, estaba delante de ella. ¡Madre mía de las Angustias! ¿Qué pasaba? ¿Y Andresiño?

-¡Calla! -profirió Telme-. No me hables, que pego fuego a la casa, y te parto los lomos y se los parto al mismísimo divino Dios... Ya hemos quedado solos, mujer, sin bueyes y sin hijo. ¡El chalán de la feria... me metió cuatro billetes falsos!

Y el padre, en vez de realizar sus amenazas de partir los lomos a todo el mundo, se dejó caer al suelo y se arrancó el pelo a puñados, llorando como las mujeres.

Lo primerito que José San Juan -conocido por el Carpintero- hizo al salir de la penitenciaría de Alcalá, fue presentarse en el despacho del director.

Era José un mocetón de bravía cabeza, con la cara gris mate, color de seis años de encierro, en los cuales sólo había visto la luz del sol dorando los aleros de los tejados. La blusa nueva no se amoldaba a su cuerpo, habituado al chaquetón del presidio; andaba torpemente, y la gorra flamante, que torturaba con las manos, parecía causarle extrañeza, acostumbrado como estaba al antipático birrete.

-Venía a despedirme del señor director -dijo humildemente al entrar.

-Bien, hombre; se agradece la atención -contestó el funcionario-. Ahora, a ser bueno, a ser honrado, a trabajar. Eres de los menos malos; te has visto aquí por un arrebato, por delito de sangre, y sólo con que recuerdes estos seis años, procurarás no volver... Que te vaya bien. ¿Quieres algo de mí?

-¡Si usted fuera tan amable, señor director...; si usted quisiera...

Animado por la benévola sonrisa del jefe, soltó su pretensión.

-Deseo ver a una reclusa.

-Es tu "chucha", ¿verdad?... Bueno; la verás.

Y escribió una orden para que dejasen entrar a Pepe el Carpintero, en el locutorio del presidio de mujeres. Bien sabía el director lo que significaban aquellas relaciones entre penados, los galanteos a distancia y sin verse de "chuchos" y "chuchas"; el amor, rey del mundo, que se filtra por todas partes como el sol, y llega donde éste no llegó nunca, perforando muros, atravesando rejas.

Tenían casi todos los penados en la penitenciaría de mujeres una "galeriana" que por cariño remendaba y lavaba su ropa; una compañera de infortunio, a la cual no habían visto nunca, y cuyas atenciones pagaban con cargo rebosando sentimentalismo ridículo..., pero sincero. Era el sacro amor, introduciéndose en aquel infierno para burlarse de la seriedad de las leyes humanas; la vida y sus efectos floreciendo allí donde el castigo social quiere convertir a los réprobos en cadáveres con apariencia de vida. El presidio, un convento vetusto, y el penal de mujeres, soberbio y flamante, contemplábanse desde cerca, mudos, inmutables; pero un soplo de pasión contenida y ardiente, de primavera amorosa, germinando entre la mugre de la "casa muerta", iba de uno a otro edificio como la caricia fecundadora que por el aire se envían las palmeras de distinto sexo.

Tan grande emoción embargaba a Pepe al dirigirse al locutorio de mujeres, que sus piernas, temblorosas, acortaban el paso..., ¿Cómo sería su "chucha"? ¡Por fin iba a verla! Y pensando en las formas de que la había revestido su imaginación en las noches de insomnio o en los solitarios paseos patio abajo y arriba, todo el pasado revivía de golpe en su memoria. Para comenzar, su entrada en presidio, resultado de tener mal vino y pronta la mano; los primeros meses de sorda excitación, de huraño aislamiento, viendo deslizarse los días como pesadas ondulaciones de un río gris y triste. Después, cuando hizo amigos, extrañáronse de que un muchacho cual él, guapo y terne, que si estaba en trabajo era por ser muy pobre, no tuviera su "chucha", su "chucha" como los demás. Ellos se encargaban del arreglo; escribirían a sus amigas, y no faltaría en la casa de enfrente quien atendiese a tan buen mozo. Un día le dijeron que su "chucha" se llamaba Lucía, más conocida por el apodo de la Pelusa, y Pepe le escribió, encontrando dulce satisfacción en saber que más allá de aquellos muros había alguien que pensaba en él y se interesaba por su vida. Pronto a este goce espiritual se unieron satisfacciones del egoísmo: alababan la limpieza de su ropa blanca y sentían envidia al ver ciertos manjares, obra todo de la Pelusa, de la enamorada "chucha", que, invisible como un duende, tenía para él cuidados maternales.

-Pero, camarada, ¡y qué suerte la tuya! -le decían los compañeros de pelotón con mal encubierta envidia.

-Esa Pelusa es de oro -añadía un veterano del presidio, oráculo de la gente joven-. Consérvala, chaval, que mujeres así entras pocas en libra.

-Pero ¿cómo es? -preguntaba Pepe con creciente curiosidad-. ¿Es joven?¿Por qué está presa?

-Algo mayor que tú debe de ser, pues creo que no es ésta la primera vez que visita la casa..., pero ¿qué te importa que sea joven o vieja? Tú déjate querer, que esa es la obligación de los buenos mozos, y cuando salgas en libertad, búscate otra que te atienda lo mismo.

Pepe protestaba. Sentía duplicarse el agradecimiento hacia aquella mujer; las relaciones, que al principio le parecían cosa de risa -buena únicamente para distraer el tedio encierro-, le llegaban muy adentro ya, y la gratitud se volvía atracción, viendo que no pasaba día sin que en el rastrillo le entregasen para él paquetes de tabaco, prendas de ropa o algo de comer que le sostenía fuerte, robusto y sano, librándole del rancho insípido del penal, la peor engañifa para el hambre.

Pocos días dejaban de escribirse. Las primeras cartas respiraban este énfasis amoroso aprendido en los epistolarios populares; pero fueron haciéndose más sinceras, según los dos amantes, por aquel reiterado contacto de alma: iban conociéndose. Hablaban de su situación, de la desgracia en que se veían, en términos vagos, como si les causara rubor decir por qué y de qué modo, y contaban fecha tras fecha el tiempo que les faltaba para cumplir. Él saldría libre un año antes que ella... ¡Con qué tristeza lo repetía la pobre "chucha"! Y José protestaba con entereza de muchacho enérgico, caballeresco a su manera, incapaz de faltar a la palabra. Él esperaría a que saliera ella; se casarían y serían felices; lo decía de corazón, sintiéndose ligado para toda su vida por el reconocimiento a sacrificios que habían endulzado sus amargas horas.

No sabía si aquello era amor; realmente, nunca se había sentido dominado por mujer alguna; no recordaba más que lances fáciles, los encuentros causales de su época obrera; pero a su "chucha"... la quería sin conocerla y juraba no abandonarla jamás. No porque estuviese en presidio era un canalla capaz de olvidar a aquella mujer que pensaba en él a cada momento y trabajaba porque nada le faltase. Consistía su única preocupación en saber algo de la historia o del aspecto de su "chucha". Por desgracia, los mandaderos no la conocían; en la Galera, regida por monjas, no entraba otro hombre sino el director; y con escrupulosa delicadeza, ni él ni ella se atrevían en sus cartas a hablar del pasado ni de sus personas, como temiendo que al entrar luz se rasgara el ambiente del misterio amoroso y se disipase el hechizo. Los últimos días, ¡qué turbación tan intensa!... Pepe hablaba entusiasmado de la próxima salida, y ella contestaba lacónicamente; sus palabras respiraban tristeza, casi se lamentaba de que el hombre amado recobrase la libertad, recelando despertar del ensueño de seis años. Y la misma impaciencia de sus últimos días de escribir dominaba a Pepe cuando entró en el locutorio de las penadas. Después de entregar la orden del director, quedóse solo, hasta que por fin, a través de la tupida reja, oyó suaves pisadas femeniles. Dos monjas se apostaron inmóviles en el fondo de la galería, donde no podían oír las palabras, pero sí seguir con la vista todos los movimientos de la que ocupaba el locutorio; y una galeriana fue aproximándose con paso torpe, cual si le asustase llegar a la reja.

No hizo movimiento alguno. ¡Las monjas no le habían entendido! Aquella mujer no era la que él buscaba; y miró con extrañeza a la reclusa, especie de payaso de la miseria, disfrazado con faldas grises; criatura exigua, demacrada, encogida, los ojos saltones veteados de sangre, de pelo canoso, cerril y escaso, alborotado sobre la frente y asomando entre los labios lívidos una dentadura enorme, amarillenta, de caballo viejo. La mujer aparecía, además, mal pergeñada, sucia, como si enfaenada en la furia del trabajo se hubiese olvidado de sí misma. Se miraron algunos instantes con extrañeza, y acabaron sonriendo, convencidos de la equivocación.

-No; no es usted -dijo Pepe-. Yo busco a la Pelusa. Me acaban de poner en libertad y vengo a conocerla.

La galeriana se hizo atrás con rápido movimiento de mujer cuyo sistema nervioso está en perpetua tensión por el género de vida.

-¿Eres tú..., tú...? ¡Pepe!

Y se lanzó contra los hierros, como si buscase verle mejor, devorarle con los ojos.

Permanecieron silenciosos breves instantes. Ella, pasada la primera impresión, mostró profundo desaliento; sus ojos se llenaban de lágrimas, tributo pagado a la decepción horrible. Él absorbía con la mirada la degradación de aquella ruina, que parecía haber recogido en su persona la vejez y la inmundicia de todo presidio... ¡Dios, cuán fea era! Tragándose el llanto, sofocando su tristeza, la Pelusa fue la primera en romper el silencio, como si deseara terminar cuanto antes aquella escena penosa y difícil.

-¿Vienes a despedirte?... Bien hecho; se estima. Mira: yo, mientras viva, no te olvidaré.

Y bajó la cabeza para no mirarle; dijérase que su presencia le causaba daño, revolviendo el rescoldo de su cariño de la entraña..., condenado a extinguirse.

-No, Lucía; vengo no más a verte. Ni me despido ni me voy... Vengo a decirte... que soy el mismo... y a cumplirte la palabra.

Pepe profirió esto con fuerza, con acometividad, ofendiéndole la sospecha de que aquella entrevista pudiese ser la última. Entonces la "chucha" se atrevió a contemplarle; pero con expresión de tierna lástima, a estilo de madre que agradece dulces mentiras del hijo.

-No quieres darme mal rato... Bien, hombre... Dios te lo pague; pero ya ves como soy: vieja, un susto, y, además, poca salud... ¡Si supieras qué guerra les doy a las pobres hermanas con este corazón que siempre me está doliendo!...

Se detuvo al llegar aquí, cual si se avergonzase. Su cara, de una palidez blanduzca, tono de cera amasada con arcilla, se coloreó, animándose. Hizo un esfuerzo y continuó:

-Estoy aquí por ladrona; no he hecho otra cosa en mi vida sino robar... Y a ti, ¡basta verte!, tienes cara de bueno; habrás venido por alguna desgracia..., vamos, por bronca o cosa parecida. No me engañes, ¿para qué?... No vas a salir con que me quieres, hijo... Mírame bien... ¡Si puedo ser tu madre!

Impresionado por las palabras de la reclusa, Pepe quería discutirlas, y las acogía con furiosos movimientos de cabeza; pero Lucía prosiguió, sin darle tiempo a que protestase:

-Estoy más enferma de lo que parece; después de este trago, ya sé que no salgo de aquí con vida, ¡ay, cómo me duele el perro corazón!... Es que me han engañado; yo creí que eras uno de tantos, un verdadero "chucho", uno del presidio... Y por eso te quise; ¡nada, cosas que se le ponen a una en la cabeza; humo que se le mete allí!... ¡Y estaba yo más atontecida! ¡Ea, hombre!, márchate y no te acuerdes del santo de mi nombre, Dios te dé suerte, cuanta mereces, y que encuentres una mujer según necesitas... Porque tú vales un imperio... ¡Eres mucho mozo, caramba!

Lo murmuraba con el alma entera, pegando su pobre cabeza de caricatura a los hierros, apretando contra ellos sus manos descarnadas, ansiosas de tocar al deseado de sus ensueños, que se presentaba en la realidad, joven, arrogante y con aquel aire de bondad y simpatía...

-No, Pelusa -contestó el mocetón con entereza-. Yo soy muy hombre, y los hombres sólo tenemos una palabra. Prometí casarme contigo y esperaré a que salgas. No vengo a despedidas, sino a que me conozcas..., y a decirte hasta luego. ¿Si te creerás que se olvidan seis años de sacrificios, de vestirme y matarme el hambre, mientras tú sabe Dios lo que comerías y como vivirías?... Pues ni que fuera yo un señorito de esos que viven estrujando a las mujeres...

Seguía la Pelusa agarrada a los hierros, y vacilaba lo mismo que si aquellas palabras cayesen con tremenda pesadumbre sobre su cuerpo endeble.

-Pero ¿va de veras? -murmuró, con voz ronca-. ¿Serás capaz de quererme así como soy?... ¿Vas a esperarme todo un año?

-Mira, Pelusa -continuó el muchacho- yo no sé si te quiero como a las otras mujeres. Lo que te digo es que no pienso irme y no me iré... ¿Que no eres guapa, guapa? Conformes. ¿Pero es que en el mundo sólo las guapas han de encontrar quien las quiera? No me importa lo que fuiste ni por qué entraste aquí: a mi lado serás otra cosa. Esperaré trabajo, el director, que es bueno, me empleará en las obras de la casa, si es preciso pasaré necesidad, pediré limosna... Lo que te aseguro es que no me largo, y que ahora soy yo, ¡yo!, quien traerá a su "chucha" ropa y comida.

Lucía cerraba los ojos. Parecía que le deslumbraban las fogosas palabras de aquel hombre, y echaba atrás el rostro contraído por grotesca mueca que expresaba asombro y felicidad.

-Tengo aquí clavado el agradecimiento -prosiguió Pepe- y ganas de llorar cuando pienso en lo que has hecho por mí. ¿Dices que podrías ser mi madre? Lo serás si quieres; yo no he conocido a la mía. Sales y viviremos juntos; trabajaré para ti sin pensar más en copas ni en amigos; a mi lado engordarás y te remozarás, ¡y a no acordarse de este sitio! Tu aquí encontraste un hombre de bien, y yo la primera mujer de mi vida.

-¡Dios mío!... ¡Virgen Santísima! ¡Virgen!...

Era la Pelusa, que se desplomaba lentamente, mientras sus manos se cubrían de arañazos al desasirse y deslizarse por el enrejado duro y pinchador.

Cayó como un fardo de harapos, estremeciéndose, balbuciendo entre convulsiones, con vocecilla infantil:

-¡Pepe, Pepe mío!

Las dos monjas, mudos testigos de la entrevista, vieron caer a la Pelusa y corrieron para recoger del suelo aquel montón de infelicidad.

Otras monjas, atraídas por los gritos, comenzaron por expulsar a Pepe del locutorio; a pesar de sus ruegos y exclamaciones, las hermanas no se daban cuenta de lo ocurrido. Si gustaba podía volver otro día, con permiso del director...

Pero ni lo pidió ni tuvo que buscar trabajo. ¿Para qué? Al día siguiente la Pelusa era borrada del registro del penal. El soplo de ventura y de vida que el "chucho" había llevado consigo al locutorio rompió el corazón de la miserable y la hizo libre.

"El Liberal", 1 febrero 1900.

Al reunirse en el embarcadero para estibar el balandro Mascota, los cinco tripulantes salían de la taberna disfrazada de café llamada de "América" y agazapada bajo los soportales de la Marina fronterizos al Espolón; tugurio donde la gentualla del muelle: marineros, boteros, cargadores y "lulos", acostumbra juntarse al anochecer. De cien palabras que se pronuncien en el recinto oscuro, maloliente, que tiene el piso sembrado de gargajos y colillas, y el techo ahumado a redondeles por las lámparas apestosas, cincuenta son blasfemias y juramentos, otras cincuenta suposiciones y conjeturas acerca del tiempo que hará y los vientos reinantes. Sin embargo, no se charla en "América" a proporción de lo que se bebe; la chusma de zuecos puntiagudos, anguarina embreada y gorro catalán es lacónica, y si fueseis a juzgar de su corazón y sus creencias por los palabrones obscenos y sucios que sus bocas escupen, os equivocaríais como si formaseis ideas del profundo Océano por los espumarajos que suelta contra el peñasco.

Acababan de sonar las ocho en el reloj del Instituto cuando acometieron aquellos valientes la faena de la estibadura, entre gruñidos de discordia. Y no era para menos. ¿Pues no se emperraba el terco del patrón en que la carga de bocoyes de vino, si había de ir como siempre en la cala, fuese sobre cubierta? Aquello no lo tragaba un marinero de fundamento como tío Reimundo, alias Finisterre, que había visto tanta mar de Dios. Ahí topa la diferencia entre los que navegaron en mares de verdad, donde hay tiburones y huracanes, y los que toda la vida chapalatearon en una ponchera. ¡Zantellas del podrido rayo! ¿Quería el patrón que el barco se les pusiese por sombrero? ¡Era menester estar loco de la cabeza, corcias! ¡Para más, en noche semejante, con lo falsa que es esa costa de Penalongueira, y habiendo empezado a soplar el Sur, un viento traidor que lleva de la mano el cambiazo al "Nordés"! No se la pegaba al tío Reimundo la calma de la bahía, sobre cuya extensión tersa y plácida prolongaban las mil luces de la ciudad brillantes rieles de oro; al viejo le daba en la nariz el aire "de allá", de mar adentro, la palpitación del oleaje excitado por la mordedura de la brisa. Todo esto, a su manera, broncamente, a media habla, lo dijo Finisterre. El Zopo, otro experto, listo de manos y contrahecho de pies, opinaba lo mismo.

Pero Adrián y el Xurel -mozalbetes que acababan de alegrarse unas miajas con tres copas de caña legítima y sentían duplicados sus bríos- ya estaban rodando los bocoyes para encima de la Mascota. Sabedores de que aquellos toneles encerraban vino, los manejaban con fiebre de alegría codiciosa, calculando la suma de goces que encerraban en sus panzas colosales. ¿A ellos qué les importaban los gruñidos de Finisterre? Donde hay patrón no manda marinero.

Entre gritos furiosos para pujar mejor, el "¡ahiaaá!" y el "¡eieiea!" del esfuerzo, acabóse la estibadura en una hora escasa. Sobre el cielo, antes despejado, se condensaban nubes sombrías, redondas, de feo cariz. Un soplo frío rizaba la placa lisa del agua. Juró Finisterre entre dientes y renegó el patrón de los agoreros miedosos. Mejor si se levantaba viento; ¡así irían con la vela tan ricamente! El balandro no era una pluma, y necesitaba ayuda, ¡carandia! Y ocupó su lugar, empuñando el timón. ¡Ea, hala, rumbo avante!

Como por un lago de aceite marcharon mientras no salieron de la bahía. Según disminuía y se alejaba la concha orlada de resplandor y el rojo farol del Espolón llegaba a parecer un punto imperceptible, y otro la luz verde del puerto, el vientecillo terral insistía, vivaracho, como niño juguetón. Habían izado la cangreja, y la Mascota cortó el oleaje más aprisa, no sin cabecear. Descasaban los remeros, bromeando. Sólo Finisterre se ponía fosco. A cada balance de la embarcación le parecía ver desequilibrarse la carga.

Ya transponía la barra, y el alta mar luminosa, agitada por la resaca, se extendía a su alrededor. Para "poncheras" según el despreciativo dicho del tío Reimundo, la ponchera "metía respeto". El patrón, a quien se le iba disipando el humo de la caña, fruncía las cejas, sintiendo amagos de inquietud. Puede que tuviese razón aquel roñicas de Finisterre; la mar, sin saber por qué, no le parecía "mar de gusto"... Tenía cara de zorra, cara de dar un chasco la maldita...

Al vientecillo se le antojó dormirse, y una especie de calma de plomo, siniestra, abrumadora, cayó encima. Fue preciso apretar en los remos porque la vela apenas atiesaba. El balandro gemía, crujía, en el penoso arranque de su marcha lenta. Súbitas rachas, inflando la cangreja un momento, impulsaban la embarcación, dejándola caer después más fatigada, como espíritu que desmaya al perder una esperanza viva. Y cuando ya veían a estribor la costa peligrosa de Penalongueira, que era preciso bordear para llegarse al puertecillo de Dumia y desembarcar el género, se incorporó de golpe Finisterre, soltando un terno feroz. Acababa de percibir, allá a lo lejos ese ruido sordo y fragoroso de la tempestad repentina, del salto del aire que azota de pronto la masa líquida y desata su furor. El patrón, enterado, gritaba ya la orden de arriar la vela. Aquello fue ni visto ni oído.

Enormes olas, empujándose y persiguiéndose como leonas enemigas, jugaban ya con el balandro, llevándolo al abismo o subiéndolo a la cresta espantosa. De cabeza se precipitaba la embarcación, para ascender oblicuamente al punto. El patrón, sintiendo su inmensa responsabilidad, hacía milagros, animando, dirigiendo. ¡La tormenta! ¡Bah! Otras había pasado y salido con bien, gracias a Dios y a Nuestra señora de la Guía, de quien se acordaba mucho entonces, con ofrecimientos de misa y excotos de barquitos, retratos de la Mascota para colgar en el techo del santuario... Verdad; no era el primer temporal que corrían; pero..., no llevaban la carga estibada sobre cubierta, sino en el fondo de la cala, bien apañadita, como Dios manda y se requiere entre la gente del oficio. Y los que habían cometido aquella barbaridad supina, ahora, a pesar de las furiosas voces de mando del patrón, perdían los ánimos para remar, como si sintiesen en las atenazadas mejillas el húmedo beso de la muerte... Sólo una resolución podía salvarlos. Finisterre la sugirió, mezclando las interjecciones con rudas plegarias. El patrón resistía, pero el cariño a la vida tira mucho, y por unanimidad resolvió largar al agua los malditos bocoyes. ¡Afuera con ellos, antes de que se corriesen a una banda y sucediese lo que se estaba viendo venir! Sin más ceremonias empujaron una de las barricas para lanzarla por encima de la borda...

Los que intentaron la faena sólo tuvieron tiempo de retroceder a saltos. La barrica andaba; la barrica se les venía encima ella sola. Y las demás, como rebaño de monstruos panzudos la seguían. Corrían, rodaban locas de vértigo, a hacinarse sobre la banda de babor, y el balandro, hocicando, con la proa recta a la sima, daba espantoso salto, el pinche-carneiro vaticinado por Finisterre, y soltando en las olas toda su carga, barricas y hombres, flotaba quilla arriba, como una cáscara de nuez.

La primera noticia del naufragio se supo en el puertecillo de Ángeles, frontero a la bahía, porque dos bocoyes salieron allí, a la madrugada, y quedaron varados en la playa al retirarse la marea. Corrió el rumor de la presa, y se apiñaron en la orilla más de cien personas -pescadores, aldeanos, carreteros, carabineros, sardineras, mujerucas, chiquillería-. Nadie ignoraba lo que significa la aparición de bocoyes llenos en una playa de la costa. Aún les retumbaba en los oídos el bramar de la tormenta. Pero ahora hacía un sol hermoso, un día magnífico, "criador". Era domingo; por la tarde bailarían en el castañal; y con la presa, no había de faltar vino para remojar la gorja. ¡Nadie hizo comentarios tristes, sino los pescadores, que, sin embargo, se consolaron pensando en el rico vientre de las barricas...! Solo una vejezuela, que había perdido a su mozo, su hijo, de veinte años, en un lance de mar, escapó de la playa dando alaridos y apostada cerca del carro en el cual fueron llevados los toneles al campo de la romería, chillaba:

-¡No, bebades, no bebades! Ese vino sabe a la sangre de los hombres y al amarguío de la mar.

Le hicieron el mismo caso que los tripulantes del balandro a Finisterre.

"El Imparcial", 18 junio 1900".

-Cuando salimos del puerto de Marineda -serían, a todo ser, las diez de la mañana- no corría temporal; sólo estaba la mar rizada y de un verde..., vamos, un verde sospechoso. A las once servimos el almuerzo, y fueron muchos pasajeros retirándose a sus camarotes, porque el oleaje, no bien salimos a alta mar, dio en ponerse grueso, y el buque cabeceaba de veras. Algunos del servicio nos reunimos en el comedor, y mientras llegaba la hora de preparar la comida nos divertíamos en tocar el acordeón y hacer bailar al pinche, un negrito muy feo; y nos reíamos como locos, porque el negro, con las cabezadas de la embarcación y sus propios saltos, se daba mil coscorrones contra el tabique. En esto, uno de los muchachos camareros, que les dicen estuarts, se llega a mí:

-Cocinero, dos fundas limpias, que las necesito.

-Pues vaya usted al ropero y cójalas, hombre.

-Allá voy.

Y sin más, entra y enciende un cabo de vela para escoger las fundas.

¡Aquel cabo de vela! Nadie me quitará de la cabeza que el condenado..., ¡Dios me perdone!, el infeliz del camarero, lo dejó encendido, arrimado a los montones de ropa blanca. Como un barco grande requiere tanta blancura, además de las estanterías llenas y atestadas de manteles, sábanas y servilletas, había en el San Gregorio rimeros de paños de cocina, altos así, que llegaban a la cintura de un hombre. Por fuerza, el cabo se quedó pegadito a uno de ellos, o cayó de la mesa, encendido, sobre la ropa. En fin: era nuestra suerte, que estaba así preparada.

Yo no sé qué cosa me daba a mí el cuerpo ya cuando salimos de Marineda. Siempre que embarco estoy ocho días antes alegre como unas castañuelas, y hasta parece que me pide el cuerpo algo de broma con los amigos y la familia. Pues de esta vez..., tan cierto como que nos hemos de morir..., tenía yo el viaje atravesado en el gaznate, y ni reía ni apenas hablaba. La víspera del embarque le dije a mi esposa:

-Mujer, mañana tempranito me aplancharás una camisola, que quiero ir limpio a bordo.

Por la mañana entró con la camisola, y le dije:

-Mujer, tráeme el pequeño que mama.

Vino el chiquillo y le di un beso, y mandé que me lo quitasen pronto de allí, porque las entrañas me dolían y el corazón se me subía a la garganta. También la víspera fui a casa del segundo oficial, el señorito de Armero, y estaba la familia a la mesa; y la madre, que es así, una señora muy franca, no ofendiendo lo presente, me dijo:

-Tome usted esta yema, Salgado.

-Mil gracias, señora; no tengo voluntad.

-Pues lléveles éstas a los niños... ¿Y qué le pasa a usted, que está qué sé yo cómo?

-Pasar, nada.

-¿Y qué le parece el viaje, Salgado?

-Señor, la mar está bella, y no hay queja del tiempo.

-No, pues usted no las tiene todas consigo. Le noto algo en la cara.

Para aquel viaje había yo comprado todos los chismes del oficio; por cierto que en la compra se me fue lo último que me quedaba: setenta duretes. Los chismes eran preciosos: cuchillos de lo mejor, moldes superiores, herramientas muy finas de picar y adornar; porque en el barco, ya se sabe: le dan a uno buena batería de cocina, grandes cazos y sartenes, carbón cuanto pida, y víveres a patadas; pero ciertas monaditas de repostería y de capricho, si no se lleva con qué hacerlas... Y como yo tengo este pundonor de que me gusta sobresalir en mi arte y que nadie me pueda enseñar un plato... Por cierto que esta vanidad fue mi perdición cuando sostuve restaurante abierto. Me daba vergüenza que estuviese desairado el escaparate, sin una buena polla en galantina, o solomillo mechado, o jamón en dulce, o chuletas bien panadas y con su papillotito de papel en el hueso... Y los parroquianos no acudían; y los platos se morían de viejos allí; y cuando empezaban a oler, nos los comíamos por recurso; mis chiquillos andaban mantenidos con trufas y jamón, y el bolsillo se desangraba... Si no levanto el restaurante, no sé qué sería de mí; de manera que encontrar colocación en el barco y admitirla fue todo uno. Pensaba yo para mi chaleco: "Ánimo, Salgado; de veintiocho duros que te ofrecen al mes, mal será que no puedas enviarle doce o quince a la familia. No es la primera vez que te embarcas; vámonos a Manila; ¿quién sabe si allí te ajustas en alguna fonda y te dan mil o mil quinientos reales mensuales, y eres un señor?". Lo dicho: la suerte, que arregla a su modo nuestros pasos... Estaba de Dios que yo había de perder mis chismes, y pasar lo que pasé, y volver a Marineda desnudo.

¿En qué íbamos? Sí, ya me acuerdo. Faltaría hora y media para la comida, cuando me pareció que por la puerta del ropero salía humo. El que primero lo notó no se atrevía a decirlo: nos mirábamos unos a otros, y nadie rompía a gritar. Por fin, casi a un tiempo, chillamos:

-¡Fuego! ¡Fuego a bordo!

Mire usted, no cabe duda: lo peor, en esos momentos en que se suceden cosas horrorosas, es aturdirse y perder la sangre fría. Si cuando corrió el aviso se pudiese dominar el pánico y mantener el orden; si media docena de hombres serenos tomasen la dirección, imponiéndose, y aislasen el fuego en las tripas del barco, estoy seguro de que el siniestro se evitaba. Yo, que todo lo presencié, que no perdí detalle, puedo jurar que no entiendo cómo en un minuto se esparció la noticia, y ya no se vieron sino gentes que corrían de aquí para allí, locas de miedo. Para mayor desdicha empezaba a anochecer, y la mar cada vez más gruesa y el temporal cada vez más recio aumentaba el susto. Aquello se convirtió en una Babel, donde nadie se entendía ni obedecía a las voces de mando.

El capitán, que en paz descanse, era un mallorquín de pelo en pecho, valentón, y no tiene que dar cuenta a Dios de nada, pues el pobrecillo hizo cuanto estuvo en su mano; pero le atendían bien poco. Acaso debió levantar la tapa de los sesos a alguno para que los demás aprendiesen; bueno, no lo hizo; él fue el primero a pagarlo, ¡cómo ha de ser! Nos metimos él y yo por el corredor de popa, con objeto de ver qué importancia tenía el incendio; y apenas abrimos la puerta de hierro, nos salió al paso tal columna de humo y tal cortina de llamas, que apenas tuvimos tiempo a retroceder, cerrar y apoyarnos, chamuscados a medio asfixiar, en la pared. Yo le grité al capitán:

-Don Raimundo, mire que se deben cerrar también las puertas de hierro a la parte de proa.

Él daría la orden a cualquiera de los que andaban por allí atortolados; puede que el tercero de abordo; no sé; lo cierto es que no se cumplió, y en no cumplirse estuvo la mitad de la desgracia. Nosotros, a toda prisa, nos dedicamos a refrescar con chorros de agua las puertas de hierro, para que el horno espantoso de dentro no las fundiese y saltasen dejando paso a las llamas. ¿De qué nos sirvió? Lo que no sucedió por allí sucedió por otro lado. Nos pasamos no sé cuánto tiempo remojando la placa, envueltos en humareda y vapor; mas al oír que por la proa salían las llamas ya, se nos cansaron los brazos, y huyendo de aquel infierno pasamos a la cubierta.

Verdaderamente cesó desde entonces la batalla con el fuego y las esperanzas de atajarlo, y no se pensó más que en el salvamento; en librar, si era posible, la piel; eso, los que aún eran capaces de pensar; porque muchísimos se tiraron al suelo, o se metieron a arrancarse el pelo por los rincones, o se quedaron hechos estatuas, como el tercero de a bordo, que tan pronto se declaró el incendio se sentó en un rollo de cuerdas y ni dijo media palabra, ni se meneó ni soñó en ayudarnos.

A las dos horas de notarse el fuego la máquina se paró. Si no se para, tenemos la salvación casi segura; ardiendo y todo, llegaríamos al puerto. Lo que recelábamos era que el vapor comprimido y sin desahogo hiciese estallar la caldera. Todos preguntábamos al engineer, un inglés muy tieso, muy callado y con un corazón más grande que la máquina. No se meneaba de su sitio, ni se demudó poco ni mucho; abrió todas las válvulas, y nos dijo con flema:

-Mi responde con mi head, máquina very-good, seguros por ella no explosión.

Al ver que la pobre de la máquina se paraba, nos quedamos, si cabe, más aterrados; no creíamos que el incendio llegase hasta donde, por lo visto, llegaba ya; comprendimos que el fuego no estaba localizado y contenido sino que era dueño de todo el interior del buque y no había más remedio que cruzarse de brazos y dejarle hacer su capricho.

-¡Barco perdido, don Raimundo! -dije al capitán.

-Barco perdido, Salgado.

-¿Y nosotros?

-Perdidos también.

-Esperanza en Dios, don Raimundo. Y él se echó las manos a la cabeza, y dijo de un modo que nunca se me olvida:

-¡Dios!

Yo no sé qué le habíamos hecho a Dios los trescientos cristianos que en aquel barco íbamos; pero algún pecado muy gordo debió de ser el nuestro para que así nos juntase castigos y calamidades. De cuantas noches de temporal recuerdo -y mire usted que algo se ha navegado-, ninguna más atroz, más furiosa que aquella noche. Una marejada frenética; el barco no se sostenía; ola por aquí, ola por acullá; montes de agua y de espuma que nos cubrían; ya no era balancearse; era despeñarse, caer en un precipicio; parecía que la tormenta gozaba en movernos y abanicarnos para avivar el incendio. Soplaba un viento iracundo; llovía sin cesar; y la noche, tan negra, tan negra, que sobre cubierta no nos veíamos las caras. Unos lloraban de un modo que partía el corazón; otros blasfemaban; muchos decían: "¡Ay, mis pobres hijos!". No entiendo cómo el timonel era capaz de estarse tan quieto en su puesto de honor, manteniendo fijo el rumbo del barco para que no rodase como una pelota por aquel mar loco.

Pronto empezaron a alumbrarnos las llamas, que salían por la proa, no ya a intervalos, sino continuamente, igual que si desde adentro las soplasen con fuelles de fragua. Lo tremendo de la marejada hizo que no se pensase en esquifes; meterse en ellos se reducía a adelantar la muerte. En esto gritaron que se veía embarcación a sotavento.

¡Un buque! Desde que se declaró el incendio no habíamos cesado de disparar cohetes y fuegos de bengala, con objeto de que los buques, al pasar cerca de nosotros, comprendiesen que el barco incendiado contenía gente necesitada de socorro. Y vea usted cómo Dios, a pesar de lo que dije antes, nunca amontona todas las desgracias juntas. Aún tenemos que agradecerle que el sitio del siniestro es un punto de cruce, donde se encuentran las embarcaciones que hacen rumbo al Atlántico y al Mediterráneo. Pocas millas más adelante ya no sería fácil hallar quien nos socorriese.

Al ver el buque, la gente se alborotó, y los más resueltos arriaron los esquifes en un minuto. Allí no había capitán, ni oficiales, ni autoridad de ninguna especie; los contramaestres se cogieron el esquife mejor, y cabiendo en él treinta personas, resultó que lo ocuparon sólo cinco. Ya se sabe lo que hace el miedo a morir; ni se repara en el peligro, ni hay compasión, ni prójimo. Sin mirar lo furioso del oleaje y lo imposible que era nadar allí, se echaron al mar muchísimas personas por meterse en los esquifes. Aún parece que oigo las voces con que decían al contramaestre.

-¡Espere, nuestramo Nicolás, espere por la madre que le parió; la mano, nuestramo!

Y él, en su maldita jerga catalana, respondía:

-N'om fa res; n'om fa res.

Y cuando los infelices querían halarse al esquife y se agarraban a la borda, los de adentro, desenvainando cuchillos, amenazaban coserlos a puñaladas.

De esta vez hubo ya bastantes víctimas; los esquifes se alejaron, y nuestra esperanza con ellos. Después de recoger a aquellos primeros náufragos, el buque siguió su rumbo, porque no le permitía mantenerse al pairo el temporal.

A todo esto, ¡si viese usted cómo iba poniéndose la cubierta! Oíamos el roncar del incendio, que parecía el resoplido de un animalazo feroz, y a cada instante esperábamos ver salir las llamas por el centro del buque y hundirse la cubierta. Nos arrimábamos cuanto podíamos a la parte de popa, pues además el calor del suelo se hacía insoportable, y del piso de hierro cubierto con planchas de madera salían, por los agujeros de los tornillos, llamitas cortas, igual que si a un tiempo se inflamasen varias docenas de fósforos, sembrados aquí y acullá. Ya ni el frío ni la oscuridad eran de temer; ¡qué disparate!, buena oscuridad nos dé Dios: la popa algunas veces estaba tan clara como un salón de baile; iluminación completa: daba gusto ver el horizonte cerrado por unas olas inmensas, verdes y negruzcas, que se venían encima, y sobre las cuales volaba una orillita de espuma más blanca que la nieve. También divisamos otro buque, un paquebote de vapor, que se paraba, sin duda, para auxiliarnos. ¡Estaba tan lejos! Con todo, la gente se animó. El segundo, el señorito de Armero, se llegó a mí y me tocó en el hombro.

-Salgado, ¿puede usted bajar a la cámara? Necesito un farol.

-Mi segundo, estoy casi ciego... Con el calor y el humo me va faltando la vista.

-Aunque sea a tientas..., quiero un farol.

Vaya, no sé yo mismo cómo gateé por las escaleras; la cámara era un horno; el farol todavía estaba encendido; lo descolgué y se lo entregué al segundo, convencido de que le daba el pasaporte para la eternidad, pues el esquife en que él y otros cuantos se decidieron a meterse era el más chico y estaba muy deteriorado. Lo arriaron, y por milagro consiguieron sentarse en él sin que zozobrase. Entonces empezó la gente a lanzarse al mar para salvarse en el esquife, y pude notar que, apenas caían al agua, morían todos. Alguno se rompió la cabeza contra los costados del buque; pero la mayor parte, sin tropezar en nada, expiró instantáneamente. ¿Era que hervía el agua con el calor del incendio y los cocía? ¿Era que se les acababan las fuerzas? Lo cierto es que daban dos paladitas muy suaves para nadar, subían de pronto las rodillas a la altura de la boca, y flotaban ya cadáveres.

Los del esquife remaban desesperadamente hacia el barco salvador. Supe después que a la mitad del camino, notaron que el esquife, roto por el fondo, hacía agua y se sumergía; que pusieron en la abertura sus chaquetas, sus botas, cuanto pudieron encontrar; y no bastando aún, el señorito de Armero, que es muy resuelto, cogió a un marinerillo, lo sentó o, por mejor decir, lo embutió en el boquete, y le dijo (con perdón):

-¡No te menees, y tapa con el...!

Gracias a lo cual llegaron al buque y les pudimos ver ascendiendo sobre cubierta. No sé si nos pesaba o no el habernos quedado allí sin probar el salvamento. ¡Los muertos ya estaban en paz, y los salvados..., qué felices! El buque aquel tampoco se detenía; era necesario aguardar a que Dios nos mandase otro, y resistir como pudiésemos todo el tiempo que tardase. Es verdad que nuestro San Gregorio aún podía durar. Al fin, era un gran vapor de línea, con su cargamento, y daba qué hacer a las llamas. El caso era refugiarse en alguna esquina para no perecer abrasados.

Al capitán se le ocurrió la idea de trepar a la cofa del gran árbol de hierro, del palo mayor. Mientras el barco ardía, creyó él poder mantenerse allí, seguro y libre de las llamas, como un canario en su jaula. Yo, que le vi acercarse al palo, le cogí del brazo en seguida.

-No suba usted, capitán; ¿pues no ve que el palo se tiene que doblar en cuanto se ponga candente?

El pobre hombre, enamorado del proyecto, daba vueltas alrededor del palo estudiando su resistencia. Creo que si más pronto le anuncio la catástrofe, más pronto sucede. El árbol..., ¡pim!, se dobló de pronto, lo mismo que el dedo de una persona, y arrastrado por su peso, besó el suelo con la cima. Por listo que anduvo el capitán, como estaba cerca, un alambre candente de la plataforma le cogió el pie por cerca del tobillo y se lo tronzó sin sacarle gota de sangre, haciendo a un tiempo mismo la amputación y el cauterio; respondo de que ningún cirujano se lo cortaba con más limpieza. Le levantamos como se pudo, y colocando un sofá al extremo de la popa, le instalamos del mejor modo para que estuviese descansado. Se quejaba muy bajito, entre dientes, como si masticase el dolor, y medio le oí: "¡Mi pobre mujer!, ¡mis hijitos queridos!, ¿qué será de ellos?". Pero de repente, sin más ni más, empezó a gritar como un condenado, pidiendo socorro y medicina. ¡Sí, medicina! ¡Para medicinas estábamos! Ya el fuego había llegado a la cámara y a pesar del ruido de la tormenta oíamos estallar los frascos del botiquín, la cristalería y la vajilla. Entonces el desdichado comenzó a rogar, con palabras muy tristes, que le echásemos al agua, y usando, por última vez, de su autoridad a bordo, mandó que le atásemos un peso al cuerpo. Nos disculpamos con que no había con qué atarle, y él, que al mismo tiempo estaba sereno, recordó que en la bitácora existe una barra muy gruesa de plomo, porque allí no puede entrar ni hierro ni otro metal que haga desviar la aguja imantada. Por más que nos resistimos, fue preciso arrancarla y colgársela del cuello, y como el peso era grande y le obligaba a bajar la cabeza, tuvo que sostenerlo con las dos manos, recostándose en el respaldo del sofá. Como llevaba en el bolsillo su revólver, lo armó, y suplicó que le permitiesen pegarse un tiro y le arrojasen al mar después. ¡Naturalmente que nos opusimos! Le instamos para que dejase amanecer; con el día se calmaría la tormenta, y algún barco de los muchos que cruzaban nos salvaría a todos. Le porfiábamos y le hacíamos reflexiones de que el mayor valor era sufrir. Por último desmontó y guardó el revólver, declarando que lo hacía por sus hijos nada más. Se quejó despacito y se empeñó en que habíamos de buscar y enseñarle el pie que le faltaba. ¿Querrá usted creer que anduvimos tras del pie por toda la cubierta y no pudimos cumplirle aquel gusto?

Después del lance del capitán, ocurrió el del oficial tercero, y se me figura que de todos los horrores de la noche fue el que más me afectó. ¡Lo que somos, lo que somos! Nada; una miseria. El tercero era un joven que tenía su novia, y había de casarse con ella al volver del viaje. La quería muchísimo, ¡vaya si la quería! Como que en el viaje anterior le trajo de Manila preciosidades en pañuelos, en abanicos de sándalo, en cajitas en mil monadas. No obstante... o por lo mismo... en fin ¡qué sé yo! Desgracias y flaquezas de los mortales..., el pobre andaba triste, preocupado, desde tiempo atrás. Nadie me convencerá de que lo que hizo no lo hizo "queriendo" porque ya lo tenía pensado de antes y porque le pareció buena la ocasión de realizarlo. Si no, ¿qué trabajo le costaba intentar el salvamento con el señorito de Armero? Ya determinado a morir, tanto le daba de un modo como de otro, y al menos podía suceder que en el esquife consiguiese librar la piel. Bien; no cavilemos. El no dio señales de pretender combatir el fuego, y mientras nosotros manejábamos el "caballo" y soltábamos mangas de agua contra las puertas, envueltos en llamas y humo, él, quietecito y como atontado. Al marcharse el señorito de Armero, le llamó a la cámara para entregarle su reloj, un reloj precioso con tapa de brillantes, y dos sortijas muy buenas también, encargándole que se las llevase a su novia como recuerdo y despedida. Lo que yo digo; el hombre se encontraba resuelto a morir. Luego subió a popa, y le vi sentado, muy taciturno, con la cabeza entre las manos.

A dos pasos me coloqué yo. Él se volvió y me dijo:

-Cocinero, ¿tiene usted ahí un cigarro?

-Mi oficial, sólo tengo picadura en el bolsillo del chaquetón... Pero este tiene tabacos, de seguro... añadí, señalando a un camarero que estaba allí cerca.

¿Querrá usted creer que el bruto del camarero se resistía a meter la mano en el bolsillo y soltar el cigarro?

-Animal -le grité-, no seas tacaño ahora. ¿De qué te servirá el tabaco, si vamos todos a perecer?

En vista de mis gritos, el hombre aflojó el cigarro. El tercero lo encendió y daría, a todo dar, tres chupadas; a cada una le veía yo la cara con la lumbre del cigarro: un gesto que ponía miedo. A la tercera chupada, acercó a la sien el revólver, y oímos el tiro. Cayó redondo, sin un "ay".

Nadie se asustó, nadie gritó; casi puede decirse que nadie se movió, estábamos ya de tal manera, que todo nos era indiferente. Sólo el capitán preguntó desde el sofá:

-¿Qué es eso? ¿Qué ocurre?

-El tercero que se acaba de levantar la tapa de los sesos.

-¡Hizo bien!

De allí a poco rato, murmuró:

-Echadle al mar.

Obedecimos, y a ninguno se le ocurrió rezar el Padrenuestro.

¡Es que se vuelve uno estúpido en ocasiones semejantes! Figúrese usted que en los primeros instantes recogió el capitán, de la caja, seis mil duros y pico en oro y billetes; seis mil duros y pico que anduvieron rodando por allí, sobre cubierta, sin que nadie les hiciese caso ni los mirase. En cambio, al piloto se le había metido en la cabeza buscar el cuaderno de bitácora y se desdichaba todo porque no daba con él, lo mismo que si fuese indispensable apuntar a qué altura y latitud dejábamos el pellejo. Pues otra rareza. En todo aquel desastre, ¿quién pensará usted que me infundía más lástima? El perro del capitán, un terranova precioso, que días atrás se había roto una pata y la tenía entablillada; el animalito, echado junto al timón, remedaba a su amo, los dos iguales, inválidos y aguardando por la muerte. ¡Si seré majadero! El perro me daba más pena.

Ya las llamas salían por sotavento y la mañana se iba acercando ¡Qué amanecer, Virgen Santa! Todos estábamos desfallecidos, muertos de sed, de frío, de calor, de hambre, de cansancio y de cuanto hay que padecer en la vida. Algunos dormitaban. Al asomar la claridad del día, salió del centro del barco una hoguera enorme; por el hueco del palo mayor se habían abierto paso las llamas, y la cubierta iba, sin duda, a hundirse, descubriendo el volcán. Contábamos con el suceso, y a pesar de que contábamos, nos sorprendió terriblemente. Empezamos a clamar al Cielo, y muchos a enseñarle el puño cerrado, preguntando a Dios.

-¿Pero qué te hicimos?

El capitán, que tiritaba de fiebre, me dijo gimiendo:

-¡Agua! ¡Por caridad, un sorbo de agua!

¡Agua! Puede que la hubiese en el aljibe. Así que lo pensé fui hacia él y se me agregaron varios sedientos, poniendo la boca en unos remates que tiene el aljibe y son como biberones por donde sale el agua. ¡Qué de juramentos soltaron! El agua, al salir hirviendo, les abrasó la boca. Yo tuve la precaución de recibirla en mi casquete y dejarla enfriar. El capitán continuaba con sus gemidos. Tuve que dársela medio templada aún. ¡Me miró con unos ojos!

-Gracias, Salgado.

-No hay de qué, capitán... ¡Se hace lo que se puede!

La tormenta, en vez de ir a menos, hasta parece que arreciaba desde que era de día. Para no caer al mar, nos cogíamos a la barandilla. Pasó un barco, y por más señales que le hicimos, no se detuvo; y debió de vernos, pues cruzó a poca distancia. A mí me dolían de un modo cruel los ojos secos por el fuego, y cuanto más descubría el sol, menos veía yo, no distinguiendo los objetos sino como a través de una niebla. Por otra parte, me sentía desmayar, pues desde el almuerzo de la víspera no había comido bocado, y se me iba el sentido. Casualmente, se encontraron sobre cubierta, descuartizadas y colgadas, las reses muertas para el consumo del buque, y con el calor del incendio estaban algo asadas ya. Los que nos caíamos de necesidad nos echábamos sobre aquel gigantesco rosbif, medio crudo, y refrescábamos la boca con la sangre que soltaba. Nos reanimamos un poco.

A mediodía sucedió lo que temíamos: quedó cortada la comunicación entre la popa y la proa, derrumbándose con gran estrépito media cubierta y viéndose el brasero que formaba todo el centro del barco. Salieron las llamas altísimas, como salen de los volcanes, y recomendamos el alma a Dios, porque creíamos que iban a alcanzarnos. No sucedió esto por dos razones: primera, por tener el buque, en vez de obra muerta de madera, barandilla de hierro, segunda, por estar las puertas de hierro cerradas hacia la parte de popa, lo cual contuvo el incendio por allí, obligándole a cebarse en la proa. De todas maneras, no debían las llamas de andar muy lejos de nuestras personas, ya que a eso de las tres de la tarde empezamos a advertir que el piso nos tostaba las plantas de los pies. Atamos a una cuerda un cubo, y lo subíamos lleno de agua de mar, vertiéndolo por el suelo para refrescarlo un poco. Ya comprendíamos lo estéril del recurso, y en medio de lo apurados que estábamos, no faltó quien se riese viendo que era menester levantar primero un pie y luego bajar aquel y levantar el otro para no achicharrarse. Serían las tres. El capitán me llamó despacio

-Salgado, ¡cuánto mejor era morir de una vez!

-Para morir siempre hay tiempo, mi capitán. Aún puede que la Virgen Santísima nos saque de este apuro.

Claro que yo se lo decía para darle ánimos; allá, en mi interior, calculaba que era preciso hacer la maleta para el último viaje. Bien sabe Dios que no pensaba en las herramientas que había perdido ni en mi propia muerte, sino en los chiquillos que quedaban en tierra. ¿Cómo los trataría su padrastro? ¿Quién les ganaría el pan? ¿Saldrían a pedir limosna por las calles? A lo que yo estaba resuelto era a no morir asado. Miré dos o tres veces al mar, reflexionando cómo me tiraría para no romperme la cabeza contra el casco y no sufrir más martirio que el del agua cuando me entrase en la boca. Para acabar de quitarnos el valor, pasó un barco sin hacer caso de nuestras señales. Le enseñamos el puño, y hubo quien gritó:

-¡Permita Dios que te veas como nos vemos!

Ya nos rendía los brazos la faena de bajar y subir baldes de agua, que era lo mismo que apagar con saliva una hoguera grande, y convencidos de que perdíamos el tiempo y que era igual perecer un cuarto de hora antes o después, el que más y el que menos empezó a pensar cómo se las arreglaría para hacer sin gran molestia la travesía al otro barrio. Yo me persigné, con ánimo de arrojarme en seguida al mar. ¡Qué casualidades! Hete aquí que aparece una embarcación, y en vez de pasar de largo, se detiene.

Ya estaba el barco al habla con nosotros: una goleta inglesa, una hermosa goleta, que desafiaba la tempestad manteniéndose al pairo. Los que conservaban ojos sanos pudieron leer en su proa, escrito con letras de oro, Duncan. Empezamos a gritar en inglés, como locos desesperados:

-Schooner! Schooner! Come near!

-Trhow te the water! -nos respondían a voces, sin atreverse a acercarse.

¡Echarnos al agua! ¡No quedaba otro recurso y este era tan arriesgado! En fin qué remedio: los esquifes no podían aproximarse, por el temporal, y el buque menos aún. Nuestro San Gregorio, cercado por todas partes de llamas inmensas, ponía miedo. Había que escoger entre dos muertes: una segura y otra dudosa. Nos dispusimos a beber el sorbo de agua salada.

El primer chaleco salvavidas que nos arrojaron al extremo de un cabo se lo ofrecimos al capitán.

-¡Ánimo! -le dijimos-. Póngase usted el chaleco, y al mar; mal será que no bracee usted hasta la goleta.

-¡No puedo, no puedo!

-Vaya, un poco de resolución.

Se lo puso y medio murmuró gimiendo:

-Tanto da así como de otro modo.

Y acertaba. Aquello fue adelantar el desenlace, y nada más. Se conoce que o la humedad del agua, o el sacudimiento de la caída, le abrieron las arterias del pie tronzado, y se desangró en un decir Jesús; o acaso el frío le produjo calambre; no sé, el caso es que le vimos alzar los brazos, juntarlos en el aire y colarse por el ojo del salvavidas al fondo del mar. Quedaron flotando el chaleco y la gorra, a él no le vimos más en este mundo.

Seguían echándonos, desde la goleta, cabos y salvavidas, y la gente, visto el caso del capitán, recelaba aprovecharlos. Yo me decidí primero que nadie. Ya quería, de un modo o de otro, salir del paso. Pero antes de dar el salto mortal reflexioné un poco y determiné echarme de soslayo, como los buzos, para que la corriente, en vez de batirme contra el buque, me ayudase a desviarme de él. Así lo hice, y, en efecto, tras de la zambullida, fui a salir bastante lejos del San Gregorio. Oía los gritos con que desde el schooner me animaban, y oí también el último alarido de algunos de mis compañeros a quienes se tragó el agua o zapatearon las olas contra los buques. Yo choqué con la espalda en el casco del Duncan: un golpe terrible, que me dejó atontado. Cuando me halaron, caí sobre cubierta como un pez muerto.

Acordé rodeado de ingleses. Me decían: ¡Go!, ¡cook!, ¡go! ¡a la cámara! Me incorporé y quise ir a donde me mandaban, pero no veía nada, y después de tantos horrores me eché a llorar por primera vez, exclamando:

-My no look..., ciego..., enséñeme el camino.

Me levantaron entre dos y me abracé al primero que tropecé, que era un grumete, y rompió también a llorar como un tonto. No sé las cosas que hicieron conmigo los buenos de los ingleses. Me obligaron a beber de un trago una copa enorme de brandy, me pusieron un traje de franela, me dieron fricciones, me acostaron, me echaron encima qué sé yo cuántas mantas y me dejaron solito.

¿Qué sentí aquella noche? Verá usted... Cosas muy raras; no fue delirar, pero se le parecía mucho. Al principio sudaba algo y no tenía valor para mover un dedo, de puro feliz que me encontraba. Después, al oír el ruido del mar, me parecía que aún estaba dentro de él y que las olas me batían y me empujaban aquí y allí. Luego iban desfilando muchas caras; mis compañeros, el tercero a la luz del cigarro, el capitán y gentes que no veía hacía tiempo, y hasta un chiquillo que se me había muerto años antes...

En fin, por acabar luego: llegamos a Newcastle, se me alivió la vista, el cónsul nos dio una guinea para tabaco, y a los pocos días nos embarcamos en un barco español con rumbo a Marineda ¡Qué diferencia del buque inglés! Nuestros paisanos nos hicieron dormir en el pañol de las velas, sobre un pedazo de lona; apenas conseguimos un poco de rancho y galleta por comida; como si fuésemos perros.

De la llegada, ¿qué quiere usted que diga? A mi mujer le habían dado por cierta mi muerte; en la calle le cantaban los chiquillos coplas anunciándosela. Supóngase usted cómo estaba y cómo me recibió. Ahora he de ir al santuario de La Guardia: no tengo dinero para misas; pero iré a pie descalzo, con el mismo traje que tenía cuando me hallaron sobre la cubierta del Duncan: chaleco roto por los garfios del salvavidas, pantalón chamuscado y la cabeza en pelo; se reirán de verme en tal facha, no me importa, quiero besar el manto de la Virgen y rezar allí una Salve.

Me faltará para pan, pero no para comprar una fotografía del San Gregorio... ¿Ha visto usted cómo quedó? El casco parece un esqueleto de persona, y aún humea; el cargamento de algodón arde todavía, dentro se ve un charco negro, cosas de vidrio y de metal fundidas y torcidas... ¡Imponente!

¡Que si me da miedo volver a embarcarme! ¡Bah! ¡lo que está de Dios..., por mucho que el hombre se defienda...! Ya tengo colocación buscada ¿Quiere usted algo para Manila? ¿Que le traiga a usted algún juguete de los que hacen los chinos? El domingo saldremos...

Di al cocinero del San Gregorio unos cuantos puros. Tiene el cocinero del San Gregorio buena sombra y arte para narrar con viveza y colorido. Durante la narración, vi acudir varias veces las lágrimas a sus ojos azules, ya sanos del todo.

Declarada la guerra entre los dos bandos enemigos, cada cual pensó en armarse. La elección de jefes no ofrecía dificultad: Pepito Lancín era aclamado por los de los bandos de la izquierda, y Riquito (Federico) Polastres, por los de la derecha. Merecían los dos caudillos tan honorífico puesto. Con su travesura y su viveza de ingenio inagotable, Pepito Lancín conseguía siempre divertir a los compañeros de colegio, discurriendo cada día alguna saladísima diablura y volviendo loco al catedrático de Historia, don Cleto Mosconazo, a quien había tomado por víctima. Ya le tenía dentro del tintero una rana viva; ya le disparaba con la cerbatana garbanzos y guisantes; ya le untaba de pez el asiento para que se le quedasen pegadas las faldillas del gabán; ya le colocaba un alfiler punta arriba en el brazo del sillón, donde el señor Mosconazo tenía costumbre de pegar con la mano abierta mientras explicaba a tropezones las proezas de Aníbal o las heroicidades de Viriato el pastor. Verdad que, después de cada gracia, Pepito Lancín "se cargaba" su castigo correspondiente: ya el tirón de orejas, ya el encierro a pan y agua, ya la hora de brazos abiertos o de rodillas, y cuando algún disparo de la cerbatana hacía blanco en la nariz del profesor, este recogía el proyectil y lo deslizaba bajo la rótula del delincuente arrodillado. Parece poca cosa estarse de rodillas sobre un garbanzo una horita ¿eh? ¡Pues hagan la prueba y verán lo que es bueno!

Lejos de mermar el prestigio de Pepito Lancín, los castigos sufridos con estoicismo alegre, mezclando las muecas de burla con las contracciones de dolor, le hacían más popular entre los muchachos. En cuanto a Riquito Polastres, su fama reconocía otro origen; las cualidades morales e intelectuales, la constancia y la agudeza eran privilegio de Lancín; de Polastres, la fuerza física, unos puños como pesas de gimnasia y un pecho como la proa de un navío. El diminutivo de Federiquito parecía un epigrama, mirando aquel corpachón y aquellas manazas descomunales, y presenciando cómo el muchacho, de una puñada, hacía astillas el pupitre, y de una morrada deshacía una jeta "de hombre"; porque en esto se fundaba la gloria, la prez de Riquito; a los doce años había calentado los morros al asistente del papá de su novia, que quería espantarle del portal como se espanta a un perro faldero. Sí, ¡buen faldero te dé Dios! Aún tenía el zanguango del asistente un ojo hecho una lástima y un carrillo inflamado, de resultas de la trompada fenomenal que le atizó Riquito...

Esta contraposición de aptitudes que se observaba en los dos jefes de bando provocó la declaración de la guerra, porque cada día se chungueaban los izquierdos a cuenta de los derechos, tratando a Riquito de "mulo" y de "zoquete", y los derechos acusaban a los izquierdos de "gallinas" y de "señoritas almidonadas", lo cual es altamente ofensivo y no puede quedar impune. Nada, nada, a armar una guerra; el campo de batalla sería el descampado fronterizo al hospital y a espaldas del Cuartel Nuevo; allí se vería quién es quién, y si los de la izquierda gastan enaguas o pantalones. No ha de ser una pedrea vulgar, como otras, sino una batalla en regla, igual que las que traen los periódicos; se emplearán armas blancas y de fuego; cada cual recogerá de su casa lo que encuentre, y los dos bandos se encontrarán a las seis de la mañana, una hora antes de entrar en clase -porque después pasa gente y andan cerca "los del orden"-, en el sitio señalado, al mando de sus jefes respectivos.

Ni un combatiente faltó de las filas.

El entusiasmo, el ardor bélico, se reflejaban en todos los semblantes. De armamento, a decir verdad andábamos medianamente: éste traía una pistola de salón descargada; aquél un cuchillo de mesa; lo que más abundaba eran las navajas y los cortaplumas, los sables de juguete y algún bastón de estoque sustraído a papá. Sin embargo, Pepito Lancín, entreabriendo su americana, mostró con orgullosa sonrisa un cinturón de cuero y, atravesado en él, un magnífico revólver de níquel; Riquito se retorció de envidia. ¡Un revólver como Dios manda, un revólver de verdad! Para aplastar completamente a su adversario, Lancín dijo con fatuidad suma:

-Cargadito con seis tiros... Y en el bolsillo cápsulas.

Sonrió Riquito con desprecio. No necesitaba armas: le bastaban sus puños. Así lo declaró en alta voz: las armas, para los cobardes, para las gallinas de la izquierda del colegio. Los dos bandos se hicieron muecas y cruzaron los insultos de costumbre; después, a la voz severa de los jefes, se replegaron para situarse en línea de batalla. De pronto, el denodado Lancín se adelantó al centro del espacio libre y encarándose otra vez con Riquito, exclamó perentoriamente:

-Ahora veréis lo que es el valor de los españoles. ¡Muchachos! ¡Viva España! ¡A la balloneta!

El caso es que Riquito era tan cerrado de meollo, que al pronto no entendió la significación de aquel grito, y lo repitió inconscientemente, haciendo coro a su enemigo. ¿Que viviese España? ¡Claro! Eso ¿qué tenía de particular? Los murmullos de su tropa le sorprendieron. ¿Por qué protestaban y enseñaban los puños, no a los "izquierdos", sino a él, a su excelencia el general Polastres? ¿Por qué repetían: "No nos da la gana, barajas. ¡Eso no, contra!"? Para comprender lo que sucedía fue preciso que uno de los más despabilados "derechos" metiéndole los dedos por los ojos a su jefe, le gritase:

-¡Barajas, tonto, que no queremos ser nosotros los mambises y que ellos sean los españoles!

Tenía razón. ¿Cómo no se le había ocurrido inmediatamente? ¡Aquel tunarra de Lancín los quería fastidiar! ¡Ah, granuja! Rebosando indignación, echando chispas, Polastres corrió hasta el general enemigo, sin temor a que le envolviesen y le hiciesen prisionero viéndole solo. Sentíase capaz de hundir las paredes con la frente; iba ciego, frenético, por lo sangriento de la burla. Por instinto de caballerosidad, los adversarios le aguardaron a que se explicase.

-Oye tú, Lancín, ¿quiénes éramos nosotros?

-¡Anda éste! Erais los mambises -respondió Pepito, apretando la culata de su revólver, por el fino gusto de acariciarla.

-¿Y vosotros?

-Eramos españoles, ya se sabe. ¿Qué habíamos de ser?

-¡Claro, como que íbamos a entrar así! No vale. ¡No se nos antoja, barajas! ¿piensas que te moneas conmigo?

-Y entonces, ¿cómo va a ser, bruto, animal? Si no éramos contrarios, cata que no había guerra.

-¡Pues que la haya o que no la haya! Eres muy listo tú. Déjanos a nosotros ser españoles y ser vosotros los enemigos.

-No puedo -objetó con suprema dignidad Lancín.

-¿No? ¡Verás si puedes, rayo! Del lapo que te voy a soltar..., te dejo negro, y estarás muy propio.

-¡Pero, adoquín, si tengo la bandera ya! -contestó riendo triunfalmente el general Pepito, que sacó del bolsillo un trapo de percalina amarillo y rojo, resto probablemente de algún adorno de mástil en las últimas fiestas que había celebrado la ciudad, y lo tremoló orgulloso en el aire, repitiendo el patriótico grito lanzado momentos antes y contestado antes y ahora por los dos ejércitos. Al escucharlo por segunda vez, al ver ondear la bandera la hueste de Riquito se precipitó y rodeó a Lancín, aclamando lo mismo que él aclamaba con voces atipladas y roncas, pero con una cordialidad y alegría que revelaba disposiciones pacíficas; y el jefe, confuso, no encontrando solución al problema -más fácil le parecía arremeter contra todos: contra el enemigo y contra los que se le pasaban traidoramente-, exclamó avergonzado, llorando como un becerro:

-Me has partido... Esto "no sirve"... No puede haber batalla... Si todos éramos españoles, no nos podíamos pegar. También te aseguro que cuando yo te pille, y no esté delante nadie, y no tengas bandera...

-¡Vaya una gracia que harás! Tienes una fuerza que parece de buey -contestó altivamente Lancín, disparando su revólver al aire, mientras los dos ejércitos fraternizaban y Riquito se arrepentía ya de su amenaza poco generosa.

Las mamás de los guerreros nunca supieron de la que habían escapado.

"El Liberal", 3 enero 1897.

¿Queréis saber por qué don Donato, el de los carrillos bermejos y la risueña y regordeta boca se puso abatido, se quedó color tierra y acabó muriéndose de ictericia? Fue que -oídlo bien- le cayó el premio gordo de Navidad, los millones de pesetas...

Antes de ese acontecimiento, don Donato era un hombre que podía llamarse feliz, si tal adjetivo no pareciese un reto al destino, que siempre está enseñando los dientes a los mortales. Encerrado en su droguería y herboristería de la calle de Jacometrezo, haciendo todos los días a la misma hora las mismas cosas insípidas y rutinarias, don Donato era plácidamente optimista; sus excesos y lujos consistían en alguna escapatoria a los teatrillos alegres porque don Donato aborrecía la literatura triste -al teatro se va a reír-, y sus derroches, en traerse a casa las mejores frutas y legumbres del mercado del Carmen, pues adoraba, a fuer de obeso, los alimentos flojos.

Jugador empedernido de lotería, nunca perdió sorteo, y no sólo se arriesgaba él, sino que tomaba parte con amigos y hasta les encomendaba la adquisición de décimos en administraciones que por cualquier motivo juzgaba afortunadas, dentro de las laboriosas combinaciones que realizaba para perseguir y acorralar a la suerte, a quien un día u otro estaba cierto de coger por las alas. ¿En qué se fundaba tal seguridad? No podía decirlo; pero le alentaba una fe robusta, un instinto o presentimiento (llámenle los escépticos como quieran). Supersticioso y calculista pueril, sucedíale a veces pararse en seco ante el número de una casa o el de un coche simón y correr a la Administración a pedir el mismo número. Lo que más le confirmaba en su manía era la circunstancia que realmente parecerá extraña a todo el que conozca la lotería un poco: en la ya larga existencia de jugador de don Donato, que jugaba cada sorteo, en algunos doble y triple, no le había caído, no digamos un premio regular, pero ni una aproximación, ni un reintegro en Nochebuena, ni nada, nada... Esta singular reserva de la fortuna le parecía a don Donato signo infalible de que sólo se ocultaba para venir un día de pronto, fulminante, terrible, con los brazos abiertos y las manos tendidas, llenas de oro.

Hará dos años, estudiando don Donato la marcha del "gordo", del premio deslumbrador de Navidad, observó que desde tiempo inmemorial no había caído en M***, y, herida su imaginación por esta circunstancia, encargó a un amigo corresponsal que allí tenía que le tomase "un billete" nada menos. A vuelta de correo recibió la respuesta y el número del billete adquirido, en el cual el comprador se reservaba un décimo. Giró el dinero don Donato; guardó como oro en paño el número y la carta comprobante, y esperó el sorteo, con fatalismo de musulmán. Sin emoción compró la lista cuando la oyó vocear, y al fijar los ojos en el glorioso número, una oleada de sangre afluyó a su cabeza... Era el número adquirido en M***; el propio número...; el suyo, el esperado, el de los millones...; allí estaba claro como la luz. ¡El premio, el premio... La Fortuna, abierta de brazos, derramando oro con sus anchas manos pródigas!

Se repuso de pronto Don Donato. ¿Pues qué, no contaba con aquello desde tantos años hacía? ¡Era lógico que al fin viniese! Una alegría intensa, serena, le embargaba plácidamente, mientras corría a cerciorarse..., aunque estaba seguro de que resultaría verdad. Y verdad resultó. No quedaba más que recoger, cobrar y disfrutar a pulso lo cobrado.

No queriendo hacer pública su dicha, por quitarse murgas y sablazos; pensando que nadie ejecuta las cosas mejor que el interesado, aquella misma noche tomó el tren y no paró hasta dar con su cuerpo en M***. Llegó a hora avanzada de la noche siguiente, molido y asendereado, como sedentario que viaja sin ganas y por precisión, y hubo de recogerse a una posada para aguardar con la luz del día la hora de presentarse a su corresponsal y reclamar el billete. Al acostarse pensó en madrugar; mas de puro quebrantado le tomó el sueño y despertó muy tarde. Vistióse, y, con indefinible sobresalto, corrió a casa del amigo, en cuyas manos se encontraba el tesoro. En la esquina de la calle vio gentío: monagos, mujerucas que lanzaban exclamaciones de compasión; escuchó las notas del piporro, la salmodia de los curas; rompió por entre la compacta muchedumbre; se abrió paso hasta el portal, y, al querer enfilar la escalera tropezó con un ataúd que bajaba en hombros... Ya lo adivinas, lector: encerraba el cadáver del poseedor del billete premiado.

Después de cortos momentos de angustia cruel, don Donato se resolvió a penetrar, sin encomendarse a Dios ni al diablo, hasta el gabinete donde lloraba la viuda. Brutalmente -millones quitan escrúpulos- formuló la cuestión y reclamó el billete. Era de temer un desmayo: no lo hubo; la viuda, digna y tranquila, franqueó a don Donato el mueble donde el difunto guardaba sus papeles de mayor interés. A la primera de cambio encontraron en el cajón central una cédula de letra del muerto, que decía así: "Día tantos..., he comprado para el señor don Donato Galíndez, droguero en Madrid, un billete entero de lotería, número tantos, que conservo en mi poder"... Y debajo: "Día tanto...: recibida letra importe billete, menos un décimo que reservo para mí..." Abrió tanto los ojos la viuda con lo del décimo, y desde aquel mismo instante se consagraron ella y don Donato, rivalizando en celo, a registrar la casa de abajo arriba; pero aún cuando gastaron tres días en pesquisas minuciosas, nada pudieron encontrar. El billete había desaparecido.

Al cuarto día, don Donato, que tenía fiebre y estaba medio loco, iba a retirarse amenazando a la justicia, cuando la viuda, llamándole a un rincón y titubeando, le dijo quedamente:

-¿Sabe usted que..., que pienso una cosa? Se me ha clavado aquí -y apoyaba el índice en el entrecejo.

-¿Qué cosa, señora mía?

-Que..., tal vez..., ese..., ese billete..., esté... Si; casi de fijo está...

-¿Dónde, voto a mil pares?...

-¡Está... enterrado..., con mi esposo!

-¡Enterrado!

-¡Enterrado! -exclamó don Donato a punto de que lo enterrasen también.

¿Lo creerán ustedes? Si no lo creen, hacen mal. El terror a los muertos era tan profundo en don Donato, que si no le anima y envalentona la viuda, tal vez renuncia entonces a perseguir su billete.

-No dude que está allí -insistía ella más resuelta cada vez-, porque "llevó puesta" su levita nueva, la de paño fino, y es la misma que usó tres o cuatro días antes de morir... Juraría que el billete va en el bolsillo. Como mi esposo falleció casi de repente...

Azuzado por la valerosa señora, don Donato se enteró de las formalidades necesarias para hacer exhumar judicialmente un cadáver, y pareciéndole empresa erizada de dificultades y hasta de peligros, resolvió echar por la calle de en medio y sobornar al encargado de la custodia del cementerio para que abriese el nicho y el ataúd. Encuéntrase el cementerio de M*** situado a orillas del mar, y la noche en que se realizó la lúgubre hazaña era de tormenta horrible; silbaba el viento entre los negros cipreses, y el sordo e imponente murmurio del Océano tenía los tonos de queja de maldición y de llanto; clamores sobrehumanos por los amenazadores y tristes, parecidos a un coro de voces de muertos. A don Donato le corría el sudor en frías gotas, desde el cráneo hasta la nuca; sus dientes castañeaban y sus piernas flaqueaban como si fuesen de algodón. Destapiaron el nicho; para sacar la caja tuvo el droguero que ayudar, pues pesaba bastante; y cuando se alzó la tapa de cinc, la primera bocanada de putrefacción, el hedor cadavérico dio, más que en las narices, en el alma a don Donato. La viuda, siempre animosa, le dijo al oído:

-¡Ea!... registre usted; no vaya a creer, si registro yo, que le engaño.

Acercó el sepulturero la linterna; don Donato, con esfuerzo sobrehumano, se inclinó sobre la caja; vio una cara espantosa, verde ya; unos ojos abiertos, vidriados y aterradores, una barba fosca, unos labios lívidos...; y solo cuando la viuda repitió con energía:

-Pero, ¡regístrele usted!

Sólo entonces, lo repito, se dio cuenta de lo más horroroso... ¿Qué había de registrar? ¡El cadáver estaba desnudo! Cayó desplomado el droguero, mientras la viuda, con acento de desesperación, exclamaba:

-¡Estúpida de mí! ¡Por qué no picaría yo a tijeretazos la ropa! ¡Cuando la ven entera se la llevan los muy ladrones!

Se dio el oportuno aviso a la policía; se registraron las casas de empeño y préstamos de toda España; mas no apareció el siniestro billete, y el premio se lo guardó la Hacienda, frotándose las manos (es una manera de decir). Probablemente, el ladrón de la levita arrojó al mar, sin examinarlos, los papeles que halló en los bolsillos, por temor a que le comprometiesen... Lo cierto es que don Donato, a su vez, cayó enfermo y murió consumido de hipocondría, enseñando los puños a una figura imaginaria, que debía de ser la descarada, la idiota de la suerte.

"Revista Moderna", núm. 94, 1898.

Aunque son raros los casos que pueden citarse de maridos enamorados que no trocarían a su mujer por ninguna otra de las infinitas que en el mundo existen, alguno se encuentra, como se encuentra en Asia la perfecta mandrágora y en Oceanía el pájaro lira o menurio. ¡Dichoso quien sorprende una de estas notables maravillas de la Naturaleza y tiene, al menos, la satisfacción de contemplarla!

Del número de tan inestimables esposos fue Sergio Cañizares, unido a Matilde Arenas. Su ilusión de los primeros días no se parecía a esa efímera vegetación primaveral que agostan y secan los calores tempranos, sino al verdor constante de húmeda pradera, donde jamás faltan florecillas ni escasean perfumes. Cultivó su cariño Sergio partiendo de la inquebrantable convicción de que no había quien valiese lo que Matilde, y todos los encantos y atractivos de la mujer se cifraban en ella, formando incomparable conjunto. Matilde era para Sergio la más hermosa, la más distinguida, donosa, simpática, y también, por añadidura, la más honesta, firme y leal. Con esta persuasión él viviría completamente venturoso, a no existir en el cielo de su dicha -es ley inexorable- una nubecilla tamaño como una almendra que fue creciendo y creciendo, y ennegreciéndose, y amenazando cubrir y asombrar por completo aquella extensión azul, tan radiante, tan despejada a todas horas, ya reflejase las suaves claridades del amanecer, ya las rojas y flamígeras luminarias del ocaso.

La diminuta nube que oscurecía el cielo de Sergio era un dije de oro, un minúsculo guardapelo que, pendiente de una cadenita ligera, llevaba constantemente al cuello Matilde. Ni un segundo lo soltaba; no se lo quitaba ni para bañarse, con exageración tal, que como un día se hubiese roto la cadena, cayendo al suelo le dijo, Matilde, pensando haberlo perdido, se puso frenética de susto y dolor; hasta que, encontrándolo, manifestó exaltado júbilo.

Desde el primer momento de intimidad conyugal, que permitió a Sergio ver brillar sobre el blanco raso del cutis de Matilde el punto de oro del guardapelo, aquel punto se le clavó en el alma, atrayendo sus ojos como si le hipnotizase. No llevaba Matilde cerca del corazón otra alhajilla ni escapulario, ni cruz, ni medalla, y Sergio, deseando arrojar de sí vagos temores, supuso buenamente que el guardapelo encerraría algún emblema religioso. Alzándolo como al descuido, preguntó:

-¡Tienes aquí una Virgen?

-No -respondió lacónicamente Matilde.

-¿Algún santo de tu devoción?

-Tampoco.

-¡Ah! -murmuró el esposo. Y se mordió los labios. Hay en el amor verdadero un instinto de delicadeza y altivez que impone la discreción: cuanto más crece el ansia de "saber", mayor es la exigencia de que sea franco y sincero, y que lo sea espontáneamente, el ser querido; se desea deber la tranquilidad a una expansión de cariño y ternura, Sergio sintió que su dignidad amorosa no le permitía insistir en la pregunta, y fingió olvidarse de ella; pero le quedó la espina hincada muy adentro.

Aparentó estar alegre, cuando realmente se encontraba abatido y melancólico, y apenas acertaba a pensar sino en el guardapelo de su esposa. ¿Que contenía? Hubiese dado la vida por salir de dudas... pero oyéndolo de boca de ella misma, de sus dulces labios, en uno de esos arranques leales y divinos en que los espíritus se besan, entrelazan y funden. Mas como Matilde, aunque siempre zalamera y halagadora, continuaba callándose lo del guardapelo, Sergio comprendió que se confundía su razón, que padecía mucho, y que, cuando tenía delante a su mujer, linda, adornada, dispuesta a amantes expansiones, en vez de ver su codiciada hermosura, solo veía el siniestro punto de oro, el guardapelo fatal.

Matilde notó por fin la preocupación de su marido, y con coquetería y mimos quiso arrancarle la confesión de sus causas. Un día, tanto apretó, que Sergio, vencido -el que ama, fácilmente se rinde-, reclinando la cabeza en el seno de su mujer, declaró que le atormentaba ignorar lo que contenía aquel tan estimado guardapelo.

-¿Y era eso? -respondió Matilde sonriente-. ¡Válgame Dios! ¡Por que no lo dijiste más pronto! En este guardapelo..., hay un mechón de pelo de mi padre.

La explicación parecía muy satisfactoria; y, sin embargo, Sergio, al oírla, sentía hondo estremecimiento allá en lo íntimo de su conciencia. No le había sonado bien la voz de Matilde; no encontraba en ella ese timbre claro, que es como el eco de la verdad. Por primera vez desde su boda tuvo un violento arranque, y señalando a la cadena, ordenó:

-Abre ese guardapelo.

Leve palidez se extendió por las mejillas de Matilde, pero obedeció; apretó el resorte, y Sergio divisó, tras su cristal, un mechón de pelo fino, de un rubio ceniza... En vez de echar los brazos al cuello de su mujer, que repetía: "¿Lo ves?", Sergio volvió a percibir otro golpe, otra fría puñalada... Retiróse lentamente, y aquel día los esposos no se hablaron. Matilde, quejándose de jaqueca se acostó a mediodía, y Sergio salió al campo a pasear.

Cavilaba, discurría. Su suegro, ya difunto, y a quien había conocido calvo, con cerquillo de pelos grises, ¿sería en su juventud tan rubio? La cosa era bastante difícil de averiguar. Probablemente nadie recordaba ese detalle, pues para nadie tenía importancia, sino para él. Sergio, en aquella hora de su vida. ¿Quién le diría la verdad? Los días siguientes, disimulando la inquietud, preguntó a troche y moche, frecuentó el trato de contemporáneos de su suegro, revisó retratos antiguos, fotografías, una miniatura... Nada logró sacar en limpio, más que noticias contradictorias.

Por fin, recordó que hacía pocos meses Matilde le había interesado en una recomendación a favor de un quinto, nieto de cierta buena mujer que había sido niñera de su padre, y que vivía aún en una aldea cercana. Sergio, afanoso, ensilló el caballo y no paró hasta apearse ante la cabaña de la viejecita. Esta, que frisaba en los ochenta y tres años, estaba impedida, medio ciega y casi sorda. Costóle gran trabajo a Sergio hacer comprender a la anciana su extraña pregunta. ¿De qué color tenía el pelo su suegro, cuando era niño? Al fin, la vieja, meneando la cabeza decrépita, respondió en cascada voz, alzando el dedo índice:

-¿El pelo? Lo tenía negrito, negrito como la endrina. ¡Ay! Era muy guapo.

Sergio, que al pronto se quedó convertido en piedra, salió después corriendo como un loco. Matilde había mentido. ¡La condenaba aquel testimonio irrevocable! No podía ser recuerdo filial el mechón rubio.

Una semana tardó Sergio en volver a su hogar. Anduvo errante, desatinado, y durante aquella semana puede decirse que recorrió el ciclo de vida del sentimiento y que agotó entera la copa de la duda y la desesperación, sufriendo la profunda miseria moral que acompaña a los celos. Los dos primeros días dio por seguro que Matilde era una gran culpable y decidió matarla. Los dos siguientes supuso que el mechón no recordaba sino algún inocente amorío de la adolescencia. Y al correr los tres últimos empezó a sonreírle una hipótesis que a cada paso se le figuraba más cuerda y razonable: la anciana, chocha ya se había equivocado, como se equivocan hasta en lo más patente otras dos centenarias temblonas, la historia y la tradición. Al séptimo día, en el alma de Sergio, el amor consiguió reconstruir su mundo ideal: la condenada vieja mentía, era una bellaca embustera y maliciosa; el padre de Matilde tenía el pelo rubio, muy rubio, en último caso, si aquel mechón fuese "una memoria"...,

¿qué importaba? No hay mujer que no conserve un guardapelo y lo lleve, si no al cuello, en el corazón, lo que es peor, ¡peor infinitamente!

Y Sergio, dolorido, pero resignado y ferviente, volvió al lado de Matilde, acostumbrado ya al brillo siniestro del punto de oro.

"El Imparcial", 17 julio 1898.

-Si alguna febril curiosidad he padecido en mi vida -declaró Pepe Olivar, el original escritor que hizo ilustre el prosaico seudónimo de Aceituno-; si me convencí prácticamente de que por la curiosidad se puede llegar a la pasión, fue debido al enigma de una ventana cerrada siempre, y detrás de la cual supuse que vivía, o más bien que moría, una mujer a quien no conseguí ver nunca... ¡Nunca!

-Eso parece leyenda de antaño, cuento misterioso de la época romántica -exclamó uno de nosotros.

-¿Y tú te figuras, incauto -repuso Aceituno sarcásticamente-, que ha inventado algo el Romanticismo? ¿Supones que no hubo románticos sino allá por los años del treinta al cuarenta? ¿Desconoces el romanticismo natural, que no se aprende? ¿Piensas que la imaginación puede sobrepujar a la realidad? Las infinitas combinaciones de los sucesos producen lo que ni aún entrevé la inspiración literaria. De esto he tenido en mi vida muchas pruebas; pero la historia de la ventana... ¡ah!, esa pertenece no al género espeluznante, sino a otro, poco lisonjero ciertamente para mí... Con todo, no careció de poesía: poesía fueron, y poesía de gran vibración, las violentas emociones que logró producirme.

Supón que yo era muy muchacho: iba a cumplir los diecinueve, y desde C*** acababa de trasladarme a Madrid para completar mis estudios en la Facultad de Medicina y despabilarme (así decía mi padre, que me tenía por un rapaz encogido y torpe). Es frecuente que los chicos, por exceso de sensibilidad, parezcan lerdos; así me pasaba a mí; andaba por el mundo como dormido, mientras en mi interior se representaban novelas, dramas y tragedias, siempre con el mismo protagonista, siempre con el mismo protagonista: el pobre estudiante de Medicina, que desde el balcón de una casa de huéspedes de las más baratas miraba pasar el torbellino de la corte, el descenso de los elegantes trenes hacia el paseo y los toros, el movimiento incesante, vertiginoso, de una de las grandes arterias madrileñas.

Dominaba mi balcón del cuarto piso no sólo la ancha calle que sabéis, sino las estufas, dependencias y jardines de cierto magnífico palacio. Cuando el bullicio callejero me aburría; cuando, rendido de estudiar para prepararme a los exámenes o de tragar libros y almacenar conocimientos, o de darme un atracón de versos, soñaba con siestas en el campo y excursiones al través de las rientes campiñas galaicas reposaba fijando la vista en lo que familiarmente llamaba "mi jardín". Dada la penuria de vegetación del interior de Madrid, el tal jardín se me figuraba un oasis consolador de la estrechez de mi cuarto, del tiesto de albahaca tísica que cultivaba mi patrona, de la falta de dinero para salir al campo los domingos. Frondosos y crecidos eran los árboles que sombreaban la fachada del palacio; pero, en otoño, los de hoja caduca, al despojarse de su rozagante vestido verde, me descubrían, en el segundo piso, en el ángulo del edificio, muy distinta del pórtico por donde salían los carruajes, "la ventana"...

Al pronto no extrañé que aquella ventana, alta y rasgada, fuese la sola que jamás se abría, la única que, protegida siempre por el abrigo de su tupido cortinaje de seda, permanecía velada como un santuario y cerrada como la reja de una prisión. Así que caí en la cuenta, lo único que me atraía del palacio espléndido era la ventana dichosa. Mi vista, que antes registraba afanosamente los dorados salones, las bien decoradas estancias, los gabinetes llenos de delicados chirimbolos, el lujo severo del comedor, con sus bandejas de plata repujada, y sus flamencos tapices -cosas que daban idea de una vida superior, desconocida para mí-, ahora desdeñaba tal espectáculo, y "atraída por un imán más poderoso", como dice Hamlet, no se apartaba del ángulo del edificio, de la ventana nunca abierta.

Con insinuantes preguntas a mi patrona, haciendo charlar a mis compañeros de hospedaje y café, que se jactaban de conocer a fondo la crónica madrileña, quise averiguar la biografía de los moradores del palacio. Si bien todos afirmaban saberla a ciencia cierta y con pelos y señales, al precisar solo obtuve datos truncados y hasta contradictorios, que me pusieron en mayor confusión.

El dueño del palacio era un opulento magnate que había pasado larguísimas temporadas en el extranjero desempeñando altos puestos diplomáticos. Por su alejamiento de la Patria y por su carácter reservado y altanero, tenía en Madrid, escasos amigos y contadas relaciones, y era de los que ni se dejan ver ni quieren gente. Al tratarse de la familia del señorón, empezaban las opuestas versiones y las noticias novelescas. Según unos, el magnate estaba viudo de cierta bellísima inglesa, y tenía consigo a una hija no menos hermosa, único fruto de su enlace; según otros, la inglesa no había muerto y residía en el palacio secuestrada por los bárbaros celos del esposo... Gentes de imaginación volcánica aseguraban que la dama emparedada del palacio no era sino una odalisca robada en Constantinopla, y muchos la convertían en princesa circasiana venida de los países donde es más puro el tipo humano en la raza blanca, y donde la mujer, satisfecha con tener a su lado al señor y dueño, no aspira ni a sentir en las losas de la calle su diminuta babucha bordada de perlas... Estas suposiciones, me derramaron en las venas vitriolo y fuego. ¡Recuerdo que frisaba yo en los veinte años, y que no había amado aún! Noches enteras me pasé fantaseando la ventana cerrada que guardaba, a mi parecer, la clave de mi destino. Con el corazón palpitante espiaba la aparición de la mujer que alguna vez, fatalmente entreabriría el cortinaje y pagaría mis miradas con una sola, resumen de la dicha... No me cabía duda; la primera ojeada de la cautiva sería chispa de rayo, premio de mi insensata y romancesca devoción... Me procuré unos gemelos marinos para mejor escrutar el arcano de la ventana. Conté las mallas del encaje del transparente, las bellotas de pasamanería del cortinaje doble, los arabescos del brocado... Cuando se encendían dentro las lámparas, yo veía pasar y repasar una sombra gallarda, esbelta, ya arrastrando flotante bata, ya ceñida por severo traje oscuro; sombra divina, cuerpo de mi ensueño loco... ¿Lo creerán o dirán que exagero? Hasta tal punto me sacaban de quicio la dama invisible y la ventana cerrada, que eran indiferentes a mi juventud fogosa todas las mujeres y se me hacía aborrecible la lectura como no encontrase en los libros alguna situación semejante a la mía...

¡Los planes que forjé! ¡Los delirios que se me ocurrieron! ¿Por qué secuestraban a aquella mujer celestial? ¿Qué tirano, qué verdugo era el magnate? ¿Qué nombre daba a sus derechos? ¿Padre? ¿Marido? ¿Raptor y amante celoso? ¿Había yo de tolerar el crimen? ¿No podía el oscuro estudiante, el cero social, libertar a la prisionera? ¿Tanto costaba escalar la tapia, saltar la puerta, aprovechar descuidos de los servidores, deslizarse escalera arriba, aparecer de súbito en el cuarto de la hermosa, caer a sus pies y decir en voz conmovida: "Aquí me tienes; el cielo te depara un redentor"?

Sólo que del pensamiento al hecho... A pesar de mi fiebre amorosa y heroica, el aspecto señorial del palacio, la gravedad del portero de librea de gala, lo sólido del enverjado, los ladridos roncos del colosal dogo de Ulm, la saludable memoria del Código y también la certidumbre de mi bolsillo vacío (no hay cosa que así cohíba), hacía que mis propósitos se desvaneciesen como el humo. Y quiso la pícara casualidad que una mañana que me levanté muy resuelto, al mirar al jardín y al palacio, pensé que me daba un accidente... ¡La ventana, la ventana!, estaba abierta de par en par.

Exhalé un grito, asesté los gemelos... La habitación, un elegante y muelle boudoir femenino, se encontraba vacía, desierta, solitaria... Recorrí las demás ventanas del palacio, todas abiertas, y en los salones ni alma viviente... El portero, ya sin librea, fumaba en el jardín; dos mozos retiraban plantas y jarrones a la estufa. Bajé mis cuatro pisos, crucé la calle, me llegué a la verja, tiré de la campana, pregunté... los señores, la víspera, se habían marchado a Berlín.

-¿Y llegaste a averiguar, ¡oh insigne Aceituno!, quién era la dama secuestrada?

Pepe Olivar sonrió con ironía y humorismo, no sin mezcla de tristeza y nostalgia, su sonrisa propia, la marca de su estilo.

-Reíos también, ¡es muy chusco! Era la esposa del magnate una inglesa... y secuestrada, ya lo creo..., pero por su propia voluntad, único medio de que no rompa sus hierros una mujer. Esta padecía una enfermedad de la piel; una de esas afecciones tercas y repugnantes que desfiguran el rostro. De flor de Albión se había convertido en berenjena madura..., y como la prescripción era evitar la más leve corriente del aire, no salía del tocador... Por otra parte, no quería que la viese nadie con la cara echada a perder. Un doctor alemán restauró las rosas y la nieve de aquella faz, que yo adoré sin haberla visto.